LŐWY-KORPONAY BERENIKÉ

EMBERSZELÍDÍTÉS

novum ◢ pro

Ez a **könyv**
e-könyvként
is elérhető

www.novumpublishing.hu

© 2023 novum publishing

ISBN 978-3-99146-127-2
Lektor: Sósné Karácsonyi Mária
Borítókép: Simándi Nóra
Borító, tördelés & nyomda:
novum publishing
Szerzői fotó: Simándi Nóra

www.novumpublishing.hu

Climate neutral
Print product
ClimatePartner.com/16547-2201-1002

Egyszer megkérdeztem Vadóctól, hogyhogy engem még sosem próbált kikészíteni. Hogyhogy ez a dühöngő oroszlán hozzám mindig szelíden érkezik? Erre tőle teljesen szokatlan módon zavarba jött, és kisfiús félmosollyal azt válaszolta: „De hát én itt szelídülök meg..."

Tartalomjegyzék

Előszó

Népszerű, biztonságos vállalkozásnak tűnhet gyarapítani a „hogyan tegyünk hatékonyan kezesbáránnyá kezelhetetlen embereket" típusú könyvek sorát. Ez a téma – még a jelenlegi, funkcionális analfabetizmusba alászálló digitális kultúránkban is – jó eséllyel kelthet érdeklődést, ezért kérem, nézzék el nekem, hogy merészeltem magam is meglátni benne a perspektívát. Csupán csak azt tudom felhozni a mentségemre, hogy az itt leírtakat az elmúlt években átéltem, megtapasztaltam, folyamatosan foglalkoztattak, töprengésre, szembesülésre, küzdelemre sarkalltak. Abban bízom, hogy az a sok felróható hiányosság a részemről – úgymint: nem vagyok sem akadémikus tudós, sem celebguru, sem botrányosan izgalmas vagy izgalmasan botrányos médiaszemélyiség – valójában akár az olvasó előnyére is válhat, hiszen nem szükséges semmilyen megelőlegezett tisztelettel viseltetnie irántam, nyugodtan olvashatja ezt az írást egyfajta alkotó partnerként, írótársként. Valóságos multifunkciós olvasóra számítok tehát, aki egyszerre lektor, kolléga, sorstárs, aki minden gondolatomat újragondolja, és akinek a történeteimről eszébe jutnak a saját történetei.

Már csak azért is, mert a „tudományos" színezetű gondolatok, következtetések az én fejemben nem választhatók el konkrét emberektől, sorsoktól, történetektől. Emberekkel foglalkozni szükségképpen „drámai", és sosem lehet részvétlen. Emberekkel foglalkozni szükségképpen morális tett, és így sosem lehet értéksemleges sem. A szelídség érték, a szelídítés tehát értékközvetítés, mi több: értékteremtés!

Bevezetés

Az emberi lény, mint alapvető ellentmondás: emberi méltóság kontra emberi „rossz természet", avagy miért van szükség emberszelídítésre?!

Az ember szerintem mélyen paradox lény – egyszerre ugyanolyan, mint mindenki, és egyszerre senki máshoz sem hasonlítható.

Alapvetés számomra, hogy abban teljesen egyformák vagyunk, hogy emberi lényként alanyi jogunk és egyben alapvető létszükségletünk, hogy szeretettek, értékesek és kompetensek legyünk. Azaz nem létezik egészséges emberi lény anélkül, hogy ne tudhatná és érezhetné azt, hogy ő szeretetre méltó, fontos és értékes, illetve produktivitásra, azaz tudásra és alkotásra képes személy.

Egy kolléganőm mesélte, hogy eltöprengett egyszer az alapvető emberi jogok legfontosabbjának mibenlétén – pedagógus volt, de „renitens", ezért jogi tanulmányokba kezdett –, és rádöbbent, hogy nem az élethez való jog az, hiába tűnik ez magától értetődőnek. Jog ugyebár csak az lehet – magyarázta –, amit garantálni tudunk, az életet viszont még mindig nem tudjuk (természetesen az élettől való megfosztásra már számos lehetőséget biztosítottunk magunknak) kizárólagosan saját kompetenciánkból garantálni.

„Rájöttem tehát, hogy amit alapból, kiindulásként garantálni tudunk egymásnak, az kizárólag az emberi méltóság tisztelete!" Állítását úgy éltem meg, mint egyfajta kinyilatkoztatást. Tudják, arra az élményre gondolok, amikor az ember megáll a pillanatban, és egyszerre támad „heuréka" és „déjà vú" érzése, azaz úgy oldódik meg számára egy rejtély, hogy közben rádöbben, ezt mindig is tudta, hiszen ez a titok evidencia.

Az élet maga fenséges, méltó a tiszteletre, a megbecsülésre. Az emberi élet elidegeníthetetlen jellemzője, hogy méltósággal teli, hogy tiszteletre-csodálatra méltó! Az emberi létforma maga egy olyan „üzemmód", amibe bele van kódolva a méltóság, az értékesség. Ha ebbe belegondolunk, akkor elkerülhetetlenül szembesülnünk kell azzal, hogy a legtöbb ember, aki valaha élt vagy éppen most él a Földön, híján van annak, ami pedig emberi mivoltánál fogva elidegeníthetetlen joga. És hiába tapasztalták meg milliók a történelem kezdete óta folyamatosan, hogy megfosztják őket a méltóságuktól, hogy gyűlöltek, megvetettek, hogy tehetetlenek, a zsigeri igény a szeretettségre, értékességre és produktivitásra megmaradt. Persze a tudatunkból hajlamosak vagyunk mindezt kiszorítani, kizárni, mert „ellenséges" közegben – ellentmondásos módon – pont az tűnik jó túlélési stratégiának, ha letagadjuk lényünk valódi létszükségeit. A tagadás, hárítás viszont gyakorta odáig fajul, hogy megtelünk, sőt azonosulunk mindazzal, amivel szemben eredetileg kézzel-lábbal védekeztünk. Túlzás nélkül nevezhetjük az így kialakult csapdahelyzetet ördögi körnek, hiszen tagadással nem lehet igenelni, bizalmatlansággal nem lehet bizalmat szerezni, hárítással nem lehet odaadást kapni, elutasítással nem lehet elfogadottságot nyerni, erőszakkal nem lehet gyengédséget kérni, közönnyel nem lehet együttérzést kelteni...

Voltaképp pofonegyszerű a képlet: nekünk, mint emberi lényeknek a szeretet, a fontosság-érzet, az alkotásra való készség „szentháromsága" arra a lényegi jellemzőnkre mutat rá, hogy pusztán az ember-mivoltunknál fogva megismételhetetlen és pótolhatatlan, EGYEDI ÉRTÉKEK vagyunk mindannyian!

Ha az emberi „mag" megkapja e hármat, mint a növényi mag a napfényt, a földet és az esőt, akkor tud egészségesen és tökéletesen kifejlődni és létezni. Miért is? Mert ez a három „erő" képes arra, hogy utat, energiát és célt adjon az embereknek, azaz megmutassa nekik, merre és hová érdemes tartaniuk, motiválja, inspirálja őket arra, hogy megtegyék a meglelt utat, és sikeresen elérjék a céljaikat.

A modern társadalommal és az emberi lélekkel foglalkozó tudományok már számos szegmensben és olvasatban megfejtették ezeket a „titkokat" és millió, bonyolult adathalmazzal bizonyították be, hogy stabil bensőséges szeretet, támogatás és felelősségteljes gondozás nélkül a gyermekek nagy része egész személyiségét és későbbi életét meghatározó mélységű sérüléseket szenved, amelyek túlélése érdekében szélsőséges – legyen szó pszichés betegségekről vagy destruktív magatartásformákról – kompenzáló mechanizmusokat fejleszt ki és használ kényszeresen. Ha egy embert élete kezdetekor elhagynak, érdektelenül, hidegen kezelnek, bizonytalanságban és kiszolgáltatottságban tartanak, megaláznak, megfélemlítenek és bántalmaznak, akkor személyisége – és legfőképpen az önképe – alapjaiban mérgeződik meg és torzul el. Egy ilyen „kitaszított" szituációból elindulva még akkor is mérhetetlen és méltatlan fájdalmat kell majd elszenvednie az emberpalántának, ha pozitív módon megküzd vele és legyőzi.

Tehát bár „basic" és magától értetődő képlet ez, igen erős a kényszerítő ereje.

Valószínű, hogy ha garantáltan megkapná minden ember születésétől kezdve a fenti alapvető „javakat", akkor jóval kevesebb, vagy talán semmi dolga nem lenne az „emberszelídítőknek".

A tapasztalatok viszont azt mutatják, hogy ez az ideális helyzet a racionalitás világában – az emberi társadalmakban – ritka, mint a fehér holló, ezért inkább azzal kell számolnunk, hogy az emberiség többségének igencsak elvadult állapotokkal szükséges megküzdenie. Egyébként is roppant gyanús, hogy az embereknek általában könnyebb elvadulniuk, mint megszelídülniük... Ezzel a kínos gyanúnkkal el is jutottunk a következő alapvetéshez. Ellentétben az előzővel – nagyon kellemetlen feltevés –, az ember, úgy tűnik, közel sem kiegyensúlyozott, „duális" lény, messze nincs egyensúlyban benne a jó és a rossz. A „rossz" bennünk olyan, akár a drogfüggőség. Akkor is kínzóan működni akar, amikor már az értelmünkkel felfogtuk, hogy tönkretesz. A rosszért nem kell megküzdeni, nem kell megtanulni, ránk ragad alattomosan, észrevétlen és ellentmondást nem tűrően. A „jó" mellett viszont mindig muszáj döntést hoznunk, a jóért dolgoznunk kell, a jót érlelni, fejleszteni és óvni szükséges magunkban. Ezzel az aránytalansággal kikerülhetetlenül szembesülünk, ha bátran és józanul végignézünk magunkon. Jómagam nagyon sokáig ragaszkodtam azon humanista „dogmához", mely szerint az ember természeténél fogva elsősorban és mindenekelőtt jó... Megfontolandó, hogy nem eredhet-e ez a hipotézis már eleve az ember önmaga iránti elfogultságából és önigazolásából, mivel a történelmi tapasztalatok egyértelműen az ellenkezőjét látszottak mindig is bizonyítani.

Azaz jó, ha tudomásul vesszük, hogy ha „napfény, föld és eső" nélkül kell szárba szökkennünk, akkor jó eséllyel elszáradunk, elvadulunk. Nagy valószínűséggel parazita módon kihasználnánk a mindenkori másikat, folyamatosan ön- és közveszélyes módon működve. És ez a folyamat a legtöbbször örvényszerű, ha valaki az epicentrumában tartózkodik, annak már ahhoz is emberfeletti erőre van szüksége, hogy állva és helyben maradjon, nemhogy kikerüljön az egyirányú sodrásból.

Itt van tehát ez a két, egymásnak igen-igen ellentmondani látszó „axióma": az ember emberi mivoltánál fogva értékes, méltósággal bíró, kompetens lény, ugyanakkor természetének alapvető része a rosszra való hajlam.

Úgy tűnik, pszichológiai, szociológiai nézőpontból eleddig nem igazán született erre megnyugtató, kielégítő magyarázat. Ez érthető is, hiszen a dolog gyökere sokkal inkább szellemi és morális természetű, ahogy a „jó" és „rossz" fogalma is...

Az emberi élet menetrendjében már a megfoganáskor be vannak „kódolva" a korábbi generációk, elődök felhalmozott problémái, jól begyakorolt hajlamai, természetesen egy új, egyedi kombinációban. Ez az elképzelés sokáig jobbára „csak" filozófiai jellegű volt, de mára az egzakt eszközökkel és igénnyel dolgozó társadalom- és természettudomány is sok olyan adatot gyűjtött össze és kezdett elemezni, értelmezni, ami a racionalitás felségterületén is igazolni látszik ezt.

A transzgenerációs hatásokat a lélektan klinikai ága régóta jegyzi, mint rejtélyes jelenséget, amire korunkban olyan új tudományágak kezdenek kimutatható bizonyítékokat találni, mint például az epigenetika. A lélektan olyan fogalmakkal igyekszik megragadni ezeket a hatásokat, mint tüneteket, mint „szociális örökség", „generációk közti tükröződés", vagy „helyettes tanúság". A pszichológia már számos megnyilvánulását, működési mechanizmusát leplezte le és „definiálta" annak, ahogy a sérüléseiket, traumáikat, életélményeiket az előző generációk továbbadják az utódaiknak. A gyermekként átélt sérelmeket, torz kapcsolódási formákat „kényszerítő normaként" működtetik és felnőtt életükben automatikusan továbbadják a következő generációknak. Lehet, hogy egy konkrét családtörténeti tragédia „néma titokként" teremt fojtogató légkört, de egy kimondatlan elvárás, hibáztatás is okozhat újabb és újabb ködös, megfoghatatlan, és ezért legyőzhetetlennek tűnő bűntudatot, ön-elvetést.

Az epigenetika génexpressziónak, azaz génkifejeződésnek nevezi a felfedezett kulcsfolyamatot, amelynek lényege, hogy nem az átörökítő DNS-t magát változtatja meg, hanem az átírhatóságát. Ami talán arra mutat rá, hogy a jó adaptációs, integrációs képességünket támadják meg az elszenvedett traumáink, azaz legyengítik az életet teremtő működésünket. Mondhatjuk, hogy szinte fizikai törvényszerűségként működik ez a bizonyos destruktív örvény.

Tehát általános tapasztalat, hogy minden megszülető embercsemete alapvetően kiszolgáltatott a kezdetektől fogva, hiszen hiperérzékeny a szülei, emberi környezete viszonyulásaira. Elég csak tudat alatt elutasítania az anyának vagy akár más közeli hozzátartozónak a gyermeket, máris ott van az a hajszálrepedés, amelyen keresztül behatolhat az elvetettség. Válságos, frusztráló társadalmi helyzetekben, korszakokban az emberek olyannyira be vannak fedve a nyomorúság, a hiábavalóság, a tehetetlenség felhőivel, hogy garantáltan nem tud érintetlen maradni tőlük senki. A helyzet persze öngerjesztő, hiszen ön-elvető, önértékelés és önbecsülés nélküli emberek törvényszerűen nem képesek megbecsülést adni másoknak sem. Csak azt tudjuk adni, amink van. Olyan ez, mint egy dominósor. Elég az elsőt meglökni, és egymás után felborul az összes többi...

Összefoglalva: egyszerre igaz ránk, hogy elidegeníthetetlen alanyi jogunk, szükségletünk, hogy szeretettek, fontosak, produktívak, azaz ÉRTÉKESEK legyünk, és egyszerre igaz az is, hogy belénk kódolódott a rosszra való hajlam, amivel kényszeresen generáljuk újra és újra a problémákat, a traumákat.

Olyan fák vagyunk, akik arra vagyunk hivatottak és arra van szükségünk, hogy folyó mellé legyünk ültetve, jó földbe, és süssön ránk a nap, de ehelyett legtöbbünk már mag korában eróziót okozó, romboló sodrású örvénybe kerül.

Így hát „félvadan" születünk meg, és rendszerint tovább vadulunk az életünk folyamán.

A fentiek fényében bizonyára nem meglepő, hogy az ember megszelídítése igazi kihívást jelentő vállalkozás, amelyben olyan ellenséges erőkkel szemben vonulunk hadba, amelyek jelen életkörülményeink között teljesen „természetesek".

Habár az én szeretett vademberkéim (egy ún. deviáns ifjúsági tagozat szép reményű tanulói) szerint azok, akik erre a fennkölt feladatra vállalkoznak, nemes egyszerűséggel szólva „lúzerek", én jelen írásban őket idézném meg, hogy cáfolják meg maguk ezt a méltatlan hipotézist! :-)

15

Odatartom a másik arcomat is...

A „kenyérrel való visszadobálás" művészete
és a „bumeráng-effektus"

Aki emberszelídítésre vállalkozik, annak nem árt felkészülnie a karmolásokra, marásokra, ütésekre, rúgásokra. Nemcsak arról van szó, hogy „simán" el kell ezeket tűrnie, hanem, hogy türelemmel, méltósággal szükséges fogadnia és hordoznia az egyébként megalázó és sokszor teljesen indokolatlan támadásokat, sérüléseket is. Merthogy ezek igenis sebek, és ezt semmi esetre sem szabad letagadni. Ha nem éreznénk ezeket, akkor érzéketlenek lennénk, érzéketlenül viszont nem lehet szelídíteni. Amikor az embert megsértik, megbántják, sőt megalázzák, és ő kő helyett kenyeret dob vissza, akkor a legnagyobb küzdelmet, harcot nem a támadóval, hanem saját magával kényszerül megvívni. Minél hangosabb, dühödtebb, hisztisebb a belső hangunk, ami „kikéri magának" a másik fél negatív viszonyulását, sajnos annál valószínűbb, hogy nem az egészséges és jogos önbecsülés, hanem a gőg, az önigazolás, a sérült önérzetesség hangját halljuk rikácsolni. Ez is egy jellemző paradoxon. Ha rendben vagyunk magunkkal, tudjuk azt, hogy tiszteletre méltóak, értékesek vagyunk, akkor ez ad egyfajta immunitást, védőpajzsot számunkra. Ilyenkor az önmagunkról alkotott képünk pozitív és stabil, amit nem képes lebontani, megkérdőjelezni egy másik embertől jövő becsmérlés. Csakhogy társas lényként a kezdetektől kiszolgáltatottak vagyunk a másik felénk való viszonyulásának. A többiek ítélete az önképünk alapja, még akkor is – sőt akkor igazán –, ha egész életünkben teljes erőnkkel azon vagyunk, hogy kompenzáljuk azt. Nem nagyon szeretjük meglátni annak a logikáját, hogy amikor kétségbeesetten igyekszünk elhárítani egy kívülről jövő sérelmet, akkor pont azzal engedjük be és hagyjuk pusztítóan hatni, hogy a kivédésükre irányuló kompenzációk kényszerzubbonyába bújunk.

Talán konstruktívabb lenne, ha a kimerítő „ellenállás" helyett inkább meghoznánk azt a döntést, hogy elfogadjuk magunkkal kapcsolatban alapvetésként azt, ami ugyebár alanyi jogon jár. Ebből pedig máris az következne, hogy tudhatnánk: ezt senki nem veheti el tőlünk. E döntésnek a gyakorlati folyományaként azonnal védőpajzsot nyernénk, hiszen többé nem lennénk hajlandóak magunkra venni, beengedni a hozzánk vagdosott köveket. Bizarrnak hangzik, de – ahogy egy harcedzett bajtársam mondta – a hatalmunkban áll eldönteni, hogy mi fájjon és mi nem. Ebben az esetben ugyanis nem hárításról van szó, nem arról, hogy letagadjuk a fájdalmas voltát annak, ami az, hiszen ha kővel dobálnak, az igenis fájdalmas – annak is szánják. Ezen nem változtathatunk, azon viszont igen, hogy megengedjük-e azt nekik, hogy meg is sebezzenek azokkal a kövekkel. Már csak azért sem célszerű letagadni a kő kő mivoltát, mert esetleg maguk a dobálók is letagadják. A „vademberkéinkben" sok más erényük mellett az is megbecsülendő volt mindig, hogy ők, amikor bántani akartak, akkor azt nyíltan tették: nemhogy nem fedték el alattomos módon „gyilkos" szándékaikat, hanem még direkt fel is címkézték, hogy biztosak lehessünk benne, ami brutális kőhajigálás volt, azzal kék-zöld foltokat akartak okozni, cserébe a tőlünk kapott, „jót akarunk" felkiáltásba csomagolt nevelési akcióinkért, amelyek persze nem kevésbé voltak számukra fájdalmasak és megalázóak.

Nos, képzeljünk magunk elé egy olyan szituációt (a legjobb, ha mindenki behelyettesíti azzal a dobálódzó felebarátjával, aki legtöbbször szokta éles kavicsokkal megkínálni), amiben minden a megszokott forgatókönyv szerint megy addig a pontig, hogy a kövek kilövésre kerültek. Ekkor egy nagy levegővétellel mosolyogva szembenézünk velük, majd tudatosan lassan – de azért oldottan – nyújtsuk oda az illetőnek azt a bizonyos kenyeret. Azért tudatosan és lassan, hogy a másik is észlelhesse, nem balekságból, lúzerségből, elmebajból reagálunk jóval a rosszra. A tudatosság részünkről képes a másikban is tudatosságot, felismerést-ráismerést generálni, és így megtörténhet az, amit „bumeráng-effektusnak" szoktam hívni.

A bumerángnál pedig kevés jobb „nevelő" eszköz létezik, amikor ugyanis a rosszra jóval válaszolunk, a rosszért jót adunk, akkor automatikusan tükröt tartunk a másik elé, és finoman, de tűpontosan visszairányítjuk azt a bizonyos követ a feladóhoz. Így nyílik a legnagyobb esély arra, hogy a másik meglássa és megítélje tette valódi minőségét. Valójában mi, emberek, relatíve ritkán cselekedjük a rosszat direkt, tudatosan a másikkal. Ez a cinizmus nagyon kevesek sajátja. A többségnek égető szüksége van arra, hogy tisztára mossa még a nyilvánvalóan aljas, piszkos, rosszindulatú, sőt gonosz cselekedeteit is! Az önigazolási igény az egyik legerősebb késztetésünk. Mivel értékesek és kompetensek akarunk lenni, ugyanakkor ezerrel működik bennünk az a bizonyos rosszra való hajlam is, „muszáj" vagyunk ezt a kettőt valahogy kiegyenlíteni, összebékíteni, azaz kompenzálni. Úgy tűnik, az önigazolás a leghatékonyabb módszerünk minderre. Amikor viszont visszaérkezik hozzánk az általunk eldobott kő, akkor egy pillanatra, legalább egy pillanatra szembesülhetünk vele, hogy bizony az kemény, éles, fájdalmat okozó. Ebben a „kegyelmi" pillanatban gyógyító szégyenérzet öntheti el az embert. Persze az, hogy mit kezdünk ezzel a villanásnyi tisztánlátással, az már a mi döntésünk. Egy biztos: habár szabadságunk van rá, hogy akár már a következő pillanatban letagadjuk, elhárítsuk, megmagyarázzuk, sőt el is felejtsük, meg nem történtté már nem tehetjük. Ne felejtsük el, legtöbb cselekedetünk, kőhajigálásunk nem független, légüres térben kivitelezett akció, hanem egy hosszú, jobbára átláthatatlan, kusza, mégis ijesztően sok tekintetben determinált láncfolyamat része. Minél inkább hagyjuk, hogy az indulataink, „vérünk", automatikus reakcióink vezessenek, annál inkább!

Egy pillanatra térjünk is itt vissza a tudatosság kérdéséhez. Tudatosnak lenni egy helyzetben annyi, mint „jelen" lenni. Aki jelen van, az tisztában van a dolgokkal, az biztos nem inkompetens. Ha pedig kompetens, akkor nem tehetetlen, azaz nem balek, nem lúzer. Aki pedig nem gyenge, mégsem üt vissza, nem él az erejével, az azt üzeni, hogy az illető független – még a saját egójától is!

Aki pedig képes a saját önérzetét, személyét, önvédelmét félretenni, és azok helyett a másik személyét, érdekét figyelembe venni, az nagyon is bátor és erős! Ezt nem szükséges másik félnek nyíltan elismernie, természetesen csípőből elháríthatja, letagadhatja, de valahol a zsigerei mélyén érezni fogja.

Érdemes úgy tekintenünk minden kenyérdobásunkra, mint magvetésre. Kezdetben ugyanis nagy a valószínűsége, hogy a kívánttal ellentétes reakciók manifesztálódhatnak, ami voltaképp teljesen logikus, hiszen jót kapni a rosszért felháborító, sőt sokkoló élmény. Olyan, mintha hirtelen kicsúszna a talaj a lábunk alól, kizökkentenének minket a megszokott, biztonságos koordináta-rendszerünkből. Először ledermeszt, majd bekapcsol a vészjelző sziréna és azonnali védekező készültségre kapcsolunk, ami minimum „szögesdrót" kommunikációt, de akár nyílt agresszív támadást is jelenthet. Van, hogy az egész „forgatókönyv" lejátszódik egyszerre. Hogy mikor blokkolódik ez a menetrend, és főként az, hogy mikor történik meg a „pálfordulás", a legtöbbször egyéni rejtély. Jó sok összetevője van; függ az eladdig begyűjtött sebek minőségétől és mennyiségétől, de függ attól is, hogy mennyire vált be számára – legalább a felszínen – az agresszív „támadva védekezem" stratégia.

Szerény tapasztalataim szerint az egyéni „reakcióidők" a húsz perctől a másfél évig is terjedhetnek.

Az én emberszelídítő „kiképzésem" az úgynevezett nehezen kezelhető gyerekek, deviáns tinédzserek között zajlott. Egészen pontosan ők voltak a nevelőtisztjeim, mentoraim. Tisztában vagyok vele, hogy az ember rendkívül sokszínű, bonyolult és öszszetett lény, így egy bizonyos társadalmi szemszögből, korosztályból nem lehet általánosítani. Nyilván az elmagányosodott, megkeseredett idős emberek szelídítését bevállaló sorstársaink másféle provokációkkal, kihívásokkal (azaz kőzáporral) lesznek megkínálva, mint azok, akik a szintén elmagányosodott és megkeseredett ifjúsággal próbálnak zöld ágra vergődni. Mégis, mivel szívünk mélyén ugyanarra vágyunk mindannyian (hogy szeretettek, értékesek, produktívak lehessünk), mégsem olyan nagy baklövés közös pontokat, kulcsokat feltételezni.

Ezért szeretném máris átadni a terepet azoknak a bizonyos kiképzőknek. Természetesen a személyiségi jogok tiszteletben tartása (és az esszenciális jellemábrázolás) okán, fiktív „beszélő" neveket használok az alábbi történetekben.

„Akkor beszélgetünk?"

Csili félév közepén esett be – mint derült égből az a bizonyos – tagozatunk életébe. Mivel *hírünk volt, pontosabban hírhedtek voltunk, ezért a hozzánk igazoló játékosok arra számítottak, hogy egyfajta börtönkolóniába jönnek, ahol az újoncokat alapból és kötelességszerűen „megcsicskáztatják".* Erre volt, *aki „hű, de eszméletlenül laza srác vagyok és mindenki haver" attitűddel, volt aki „csendben falhoz lapulok, nem is lélegzem és arcizmaim sem rezdülnek" védelmi stratégiával reagált.* Csili *nemes egyszerűséggel hozta a „villámgyorsan ledózerolok mindenkit, mielőtt bárki beszólhatna" taktikát.* Ez *a gyakorlatban azt jelentette, hogy dúvad módjára, obszcén szavak kíséretében rontott be az órára, felrúgott egy asztalt és egy szemetesvödröt (ez utóbbi nagyon hatásosnak bizonyult, mert olyan csörömpölést csapott, hogy az egész intézmény visszhangzott tőle), majd vadnyugati pózba vágta magát és várt.* Sejthettük, *hogy az áll a forgatókönyvében, hogy most akkor az övéhez hasonló kedvességgel lesz üdvözölve, és sor kerülhet esetleg egy kisebb csihi-puhira is.*

A kis csapat – az akkorra már némileg hozzám szelídült törzsgárda – fáradt pillantásokat küldött felém. Tekintetük a „jaj, ne má', most egy újabb hülyével kell megkínlódnunk..." üzenetet közvetítette.

Egyértelmű volt, hogy tőlem várják a megoldást (ezt egyébként már akár elismerésnek is felfoghattam a részükről). Vettem hát az adást, széles mosolyra húztam arcom, és lendületes nyugalommal (van ilyen!) fordultam Csili barátunkhoz:

– Ááá, látom, kedves vendéget kaptunk mára! Sok szeretettel üdvözlöm, kérem, foglaljon helyet a körünkben!

Ez a normális körülmények között teljesen átlagos, fantáziátlan köszöntés úgy hatott Csilire, mintha áramütést kapott volna. Lassan felém fordult, és rám meredt. Látszott rajta, hogy nem tudja eldönteni, épelméjű vagyok-e, vagy ez csak rafinált csapda, amivel el akarom altatni a készültségét még a visszatámadás előtt.

Én rendületlenül mosolygok, és állom a tekintetét. Végre megmozdul, elballag a terem legtávolabbi sarkába, leül egy székre, öszszefonja a karját, és kitartóan bámul amolyan „domináns" nézéssel. Az óra végéig folytatja a passzív, de nyilvánvalóan fenyegető metakommunikációt. Mi dolgozunk tovább, mintha mi sem történt volna...

A következő alkalomra Csili sötét, engesztelhetetlen arckifejezéssel érkezik, és azonnal elfoglalja a helyét a sarokban. A menü ugyanaz: keresztbe font kar, agresszív fixírozás. Én rendületlenül mosolygok, időnként a szemébe nézek a „shalom" tekintetemmel. Nem reagál. Lassan kúszik fel a feszültség, Csili egyre dühösebb, bizonytalanabb. Az óra felénél elszakad a cérnája, felpattan, megragadja a székét, és határozott léptekkel felém indul... Közvetlen mellettem áll meg, a feje – pontosabban az én fejem – fölé emeli a széket, és pimasz hangon megkérdezi: – Mit szólna hozzá, ha most leütném?!

A társaság megfeszül, egyes arcokon rémület – minden jel arra mutat, hogy komolyan vették Csili felvetését. Rendes körülmények közt én is így éreznék, de azok a bizonyos zsigerek egészen mást mondanak. Pedig nekem gyárilag hiperérzékeny szorongásjelzőim vannak! Lassan levegőt veszek, és – talán már mondanom sem kell, mosolyogva – felnézek, egyenesen a szemébe.

– Kedves Csili, bizonyára elájulnék és súlyos sérüléseket szenvednék. Miért, mégis mit szeretne, mit szóljak hozzá?

A hatás leírhatatlan. Bevallom, engem legalább annyira megdöbbent Csili reakciója, mint ahogy az előbb én döbbentettem meg őt.

Leteszi elém a székét, ráül lovaglóülésben, karját a széktámlára támasztja, a karjára az állát, majd egy hatéves kisfiú mosolyával megkérdezi:

– Akkor beszélgetünk?

– Igen, akkor beszélgetünk – válaszolom.

Csili ettől fogva már a folyosó végéről hangosan köszön, integet.
Órákon mindig a közelembe ül, folyamatosan keresi a kommuniká-
ció lehetőségét. Sokat és élénken beszél, még többet mosolyog... idő-
vel mindenkire.

Csili impulzív „szívember", az ő megszelídítése talán ezért volt
olyan viharosan gyors és drámai. A másfél éves mosolyszünet
jellemzően a kapucnis pulóvert viselő, „magányos farkas" ka-
rakterű gyerekeket jellemzi. Őket szó szerint nem lehet lekenye-
rezni. Olyan biztonsági rendszerük van, hogy azt még a NASA
is megirigyelhetné. Ők az „idő nekem dolgozik" alapon működ-
nek, és arra utaznak, hogy úgy legyenek jelen, mint Gárdonyi
az egri sírhelyén: „csak a teste". Náluk az áttörés akkor várható,
amikor hátratolják a fejükön a kapucnit és láthatóvá válik az ar-
cuk – no meg a pengeéles, átható tekintetük. Esetükben a széles
mosoly hatástalan, sőt ha lehet, még inkább megerősítik miatta
a védelmi rendszerüket. Az ő kavicsdobálásuk nem fájdalmat,
heveny sérülést, dühöt okoz. Az övék megbénít, lefagyaszt, te-
hetetlenné és nevetségessé tesz. Megítélésem szerint, ha a Csi-
li-típusú támadások a „2-es pálya", akkor az övék legalább 4-es.
Esetükben a stratégiám a maximális tiszteletben tartás volt, a
„három lépés"-szabály maradéktalan betartása. Ezekbe a gye-
rekekbe professzionális „chip" van beépítve arra, hogy kiszűr-
jék a képmutatást, a hiteltelenséget. Ez az alkatrész eredetileg
minden gyerekben benne van, és működik is, amíg nem sérül
annyit és annyiszor, hogy kevésbé fájdalmas megoldásnak lát-
szik kikapcsolni, mint használni. A „kapucnis" gyerekek viszont
nem hajlandók kikapcsolni, ők inkább tűrnek, de nem alkudnak
meg. Sokszor ez az egyetlen, ami bár izolálja őket, de legalább
némi tartást és védelmet biztosít a számukra. Az ő legfőbb vé-
delmi stratégiájuk a hallgatás, a „vállalt némaság". A szeretet-
teljes kommunikáció nélkülözéséből keletkezett fájdalmas űrt
magukba zárják, és ők sem hajlandók többé kommunikálni.
Pontosan tudják, hogy kommunikálni annyi, mint megosztani
magunkat. Aki viszont megosztja magát, az sebezhetővé válik,
ezért igyekeznek minél hermetikusabban lezárni magukat. A

kapucni befedez, elfedez, legfőképpen az arcot, a szemet, hiszen nemcsak a szánkkal és beszéddel kommunikálunk. Ők pontosan tudják, minden porcikájukban érzik, hogy az ember eredendően rendelkezik azzal a bizonyos rossz hajlammal. Elsődleges tapasztalatuk a világról lényegében ezt a tételt igazolja. Sajnos emiatt igyekeznek kizárni a másik oldalt is, azaz azt, hogy alanyi jogon szeretettnek, értékesnek, fontosnak kellene lennünk...

„Tudja, mit nem bírok magában?"

Azon az ominózus órán sikerült végre beindítani a társaságot. Olyan témát találtunk, ami kirobbantotta a gyerekeket a méla közönyből, a hiperaktív zizegésből, a szemek rám szegeződtek, és izgatottan hangzott fel innen-onnan egy-két bekiabálás, akarom mondani véleménynyilvánítás. Kezdtem elememben érezni magam, mert igenis nagyon élvezem, amikor ezek a gyerekek kinyílnak, csillogni kezd a szemük, és fontossá válik számukra a köztünk lévő kommunikáció. Azért ma is – csakúgy, mint az elmúlt másfél év minden óráján – titokban odapillantgatok Garfield mindig rezzenéstelen homlokzatára. Most is hordja a pókerarcot, de a tekintete jelzi, itt van velünk, ezerrel figyel. Amikor átmenetileg csend lesz a teremben, Garfield hirtelen, minden előzetes figyelmeztetés nélkül „beszól" nekem: „Tudja, mit nem bírok magában?"

Egy pillanatra megáll az ütő mindenkiben; egyszerűen nem volt alkalmunk ebben a bizonyos másfél esztendőben átélni, milyen, amikor Garfield teljesen magától, saját kezdeményezésből hallatja a hangját.

Nem tudom elrejteni lelkesedésemet, azonnal megragadom a lehetőséget, és biztatom, fejtse ki bővebben.

Meglepetésemre hajlandó rá: „Hát azt, hogy mindig olyan furcsákat kérdezget!"

Csodálatos, végre van egy nyom, amin elindulhatok – gondolom, és máris csípőből ontom a kérdéseimet: „Mit találsz bennük furcsának? Miért zavar, ha kérdezek? Mire lenne szükséged, hogy ne zavarjanak?", és így tovább.

Finoman elhúzza a száját, úgy válaszol: „Na, például ezek mind..."

Hosszú csend, én vigyorgok, még Garfield is megenged magának egy leheletnyi félmosolyt. Elégedetten annyiban hagyjuk a dolgot.

Utóhang: Cserfes kisasszony – az ügyeletes megmondóember, pontosabban hölgy a csapatban – szünetben átkiabál hozzám a folyosó másik végéről a tengernyi zsivajon át: „Sumákolt ám ma a Garfield! Nagyon is bírja magát!" Grüberlis pofiján kilométer-széles mosoly: elképesztően élvezi, ha éles nyelvével zavarba hozhatja embertársait. Ösztönösen vetek egy oldalpillantást Garfieldre, aki a sarokban álldogál zsebre tett kézzel. Idegesen megrándul az arca, elvörösödve mered Cserfesre. A társaság felszabadultan vihorászik.

Bízom benne, hogy mindannyian tudják: ez most közös győzelem volt...

Kérdések, és megint egyszer kérdések

Einstein szerint egy jó kérdés sokkal előbbre viszi a tudományt, mint egy közepes válasz. Én úgy tapasztaltam, hogy ez a koncepció nagyon működik az emberszelídítés terén is. Garfield erre valószínűleg maga is rájött... A fiatal generáció fokozottan érzékeny az állandó szentenciaként kapott kész válaszokra. Amint meghallják, hogy egy felnőtt felteszi a szokásos lemezek valamelyikét, azonnal bezárják fülüket, agyukat, szívüket. Van, aki eltompul és magába zuhan ilyenkor, mást elönt a düh és lázadozni kezd, megint más bedobja a flegma, megközelíthetetlen figurát. Igazából a nevelő célzattal bíró „prédikációkat", amelyeket mi éltető kenyérnek gondolnánk, ők kavicszáporként élik meg.

Szelídítő módszernek nemigen válik be, viszont kiválóan el lehet vele vadítani bárkit.

A helyzet az, hogy alapból irritálja embertársainkat, ha megpróbáljuk megmondani nekik a „tutit", ha „osztjuk az észt", függetlenül attól, hogy igazunk van-e vagy sem.

Ha válaszok helyett inkább kérdezünk, annak számos hozadéka lehet. Hangsúlyozom, kérdezünk, nem vallatunk, nem „savazzuk" a másikat „költői" kérdésekkel, hanem érdeklődünk a véleménye, gondolatai, érzései, lényegében a személye iránt. Így megint csak kenyeret dobunk vissza, dacára bármilyen kőzápornak, hiszen a másiknak előbb-utóbb átmegy az üzenet, hogy érdekel minket a lénye, azaz fontosnak, értékesnek tarjuk. Arról a hatásról nem is beszélve, hogy ha eleddig nem is nagyon gondolkodott el a világ dolgairól, önmagáról, akkor most a kérdések akár még erre is inspirálhatják. Bár Garfielddel sosem veséztük ki „direktbe", hogy miért bosszantották a kérdezősködéseim, de vélhetőleg az rémítette meg, hogy elkezdett gondolkodni rajtuk, és megrázóan fontos válaszokhoz jutott általuk. Például rádöbbenhetett, hogy neki lehet saját véleménye. A jó kérdések vezérfonalakat, illetve gerincet tudnak adni a gondolkodáshoz. Én ezért igyekeztem „ártatlanul rafinált" lenni, és ily' módon elvetni a magokat. Mint egy intenzív „miért" korszakot élő örök gyerek, folyamatosan megkérdeztem, mit miért tesznek, miért gondolják valamiről, hogy az jó nekik, egyáltalán miért és mitől jó a jó. Miért szeretnek minket, felnőtteket boszszantani, és miért nem hisznek nekünk? Miért lesznek azonnal dühösek, miért annak van igaza, aki a leghangosabb, miért utálják az iskolát, és mi kellene ahhoz, hogy ne utálják? Mire a legbüszkébbek, mit szeretnek a legjobban a világon, mire lenne szükségük, hogy jól érezzék magukat? Vannak-e álmaik, és ha nincsenek, akkor miért? Miért... miért?

Az elején néma csend a standard válasz, illetve a vállrándítós „nem t'om", „nem érdekel" (az obszcénebb verziókat nem taglalnám, bárki, aki ismeri az utcai köznyelvet, bizonyára el tudja képzelni). De mint jeleztem, nem is az a cél, hogy „szép, egész mondatban válaszolj, fiam!". Nekem elég, ha egy hajszálrepedés keletkezik a védelmi betonfalukon, és bejut egy olyan impulzus, amely szerint elkezdhetnek gondolkodni, megszülethetnek a saját fogalmaik, érzéseik a jóról, merhetnek dühösek lenni a felnőttekre, változtathatnak a dolgokon, hogy ne csak utálni kelljen tehetetlenül őket, felfedezhetik, hogy van, amire büszkék lehetnek, vannak szeretetre méltó, értékes dolgok a világon, lehetnek jogos szükségeik, igényeik, és lehetnek álmaik is...

Akinek ez nem természetes, nem „alanyi jogon" kiutalt, annak ezek a gondolatok, felismerések megrázóak a szó pozitív és negatív értelmében egyaránt.

Kedvenc játékuk talán éppen ezért volt a „forró szék". Először persze húzták a szájukat és gyanakodtak, de amikor jobban belekóstoltak, nem akarták abbahagyni. A játék lényege, hogy aki beül a forró székbe, attól a többiek folyamatosan kérdezhetnek, de csak olyat, ami a székben ülővel kapcsolatos és fontos kérdés! A válaszoló viszont dönthet arról, hogy ad-e választ vagy sem. Passzolhat, de ha mégis válaszol, akkor igazat kell mondania, mivel a kérdezőknek joguk van „kamu" felkiáltással jelezni, ha hamisnak tartják a választ. A hitelesnek érzett válasz esetében viszont jelezni kell, hogy a kérdező elfogadja azt, sőt meg is kell köszönnie!

Általában pillanatok alatt lezavarták a felszínes bemelegítő, úgynevezett szívatós kérdéseket. A rossz kérdések ugyanis rendszerint villámgyors bumerángként érkeznek vissza a feladóhoz. Hamar ráéreztek az ízére, én meg csak pislogtam, milyen lényeglátó kérdések hangzottak el. A forró székben ülők a kezdeti – természetesen agyonleplezett – feszengés után teljesen fellazultak, szó szerint lubickolni kezdtek a szituációban. Sikerült tehát behúzni őket a csőbe: azt hitték, kínos és ciki játék, pedig csak azt szerettem volna, hogy olyan dózist kapjanak a figyelemből, amit talán még sosem tapasztaltak meg. És nem csak figyelmet; a játék észrevétlenül teremti meg a lehetőségét annak, hogy védett helyzetben próbálkozzanak meg a másik megértésével, felfedezésével.

„De hát épp most válaszoltam..."

Mint már tudják, Garfield érzékeny a kérdésekre, és nem kimondottan szószátyár. Úgy tűnik, e tulajdonsága csak olaj a tűzre: a csapat egy akarattal és fennhangon skandálja, hogy őt akarják ma a forró székbe ültetni. A srác azonnal megmerevedik, minden porcikája tiltakozik, de megfutamodni nagyobb tekintélyveszteséggel járhat, mint kiállni a megpróbáltatást. (A tekintély kulcskérdés ezen ifjak számára, bár esetükben nem igazi tisztelet, hanem inkább féken tartó félelmet hivatott kiváltani a többiekből.)

Leül, sápadt, mint a mögötte lévő fal. Kóstolgatni kezdik, nem is kérdeznek először tőle, csak piszkálgatják, provokálják. Garfield állja a sarat. Én csak ülök a körben, és figyelek, jelen vagyok. Ez a jelenlét általában olyan atmoszférát teremt, hogy hamar elcsitulnak a pimaszkodó hangok (az a bizonyos bumeráng-effektus).

Megfordul a játszma: elkezdenek félszegen érdeklődni. Garfield láthatóan megilletődik – azt hiszem, most jött rá, hogy a többiek kedvelik, kíváncsiak rá, és hogy mennyire bántja a zárkózottsága őket. Torkát köszörüli, és egyszavas válaszokat présel ki magából. Egyszer csak kiderül, hogy kedvenc időtöltése a horgászat. A teljesen ártatlan és hétköznapi tevékenység említése nem várt hatást vált ki a tár-

saságból. A többség kacarászik, Mókus viszont egyenesen felhábo-
rodik, és nekiesik Garfieldnek: „Ember, mi a … jó a horgászásban?!"
Mindenki – velem együtt – várakozóan néz Garfieldre. Ő maga
elé mered, lustán előrecsúszik a széken, kinyújtja hosszú lábait, majd
lassan felemeli a fejét és elnéz a fejünk fölött. Megáll az idő. Garfi-
eld távolba merülő szemeiben valósággal megjelenik a tó tükre. Ösz-
szeszorul a torkom. „Istenem ha tudná ez a gyerek, milyen gyönyö-
rűen komunikál !!" – gondolom, amikor Mókus nyersen felcsattanó
hangjára felrezzen a társaság.
„Ember, … válaszolnál végre?!"
Garfield teljes nyugalommal fordul oda Mókushoz, egyenesen
a szemébe néz, és azzal a bizonyos „védjegy" félmosolyával a szá-
ján megszólal:
„De hát épp most válaszoltam…"

Köszönöm, elfogadom a választ

Picur külön ült mindig a többiektől. Olyan kicsike volt, hogy alig
látszott ki a padból. A pofija, mint egy anyátlan kiscicáé. Nagyon
bájos kislány, mindig reménytelen fáradtsággal nagy barna szeme-
iben. Ha nem magába roskadva bámult maga elé, akkor sikítva ve-
szekedett a folytonosan őt hergelő fiúkkal. Átmenet nem nagyon
volt a két állapot között. Nem akarta, pontosabban nem merte el-
hinni nekem, hogy nem azért bosszantják, mert utálják, hanem
mert így próbálják éretlen kamasz módjára felhívni magukra a fi-
gyelmét. Kockától tartott a legjobban, mivel ő rendelkezett a leg-
nagyobb tehetséggel a pimaszkodás műfajában. Csakhogy egy nap
Kocka közölte, hogy szeretné, ha Picur beülne a forró székbe, mert
neki nagyon böki a csőrét valami. Picur durcásan összeszorította
a száját és olyan testtartást vett fel, mint egy süni, aki támadást
szimatol. Kocka nem kertelt, azonnal lecsapott: „Figyu, miért vagy
olyan fenemód hisztis, ha csak hozzád szólunk? Nem cikizlek, ko-
molyan érdekel!" – fűzte hozzá a biztonság kedvéért.
Picur arcára azonnal kiült az a bizonyos reménytelen fáradtság,
mégis beszélni kezdett, és csak úgy ömlött, ömlött belőle a szó. Be-

szélt valami háztartásról, ahol ő főz, mos, takarít, de legfőképp két másfél éves ördögfiókáról, akik sírva lógnak a kilincsen kívülről, amikor fél percre bezárkózik a vécébe. Megnyúlt arccal hallgattuk. Nem felejtem el soha, ahogy az ifjú titánok szemében megjelent a tisztelet, a csodálat… a szégyenérzet.

Picurból egyszer csak kifogyott a szusz, könnyeit nyelve, bocsánatkérően kereste a tekintetem. „Én, én… igazán annyira, de annyira szeretem az öcséimet, de mire ideérek, már semmi erőm nincs…" – próbált szabadkozni.

Csóka szólalt meg elsőként – szokatlanul meleg hangon. „Nekem van egy hároméves húgom. Tök aranyos kiscsaj, de ha két órát kell rá vigyáznom, utána használhatatlan vagyok."

Kocka – szokásától eltérőn – nem fűzött semmilyen frappáns megjegyzést az elhangzottakhoz, ehelyett férfias komolysággal nézte Picurt, és enyhén meghajolva (igen, meghajolt, nem képzelődtünk) annyit mondott: „Köszönöm, elfogadom a választ."

Utóhang: A következő héten elgondolkodva lépdelek a terem felé, ahonnan hangos kacagás csap ki a folyosóra. Benyitok. A srácok vigyorogva állnak a fal mellett körben, Kocka szlalomozik a padok közt… hátán Picurral, aki már csuklik a nevetéstől.

A forró székbe persze rendszeresen nekem is bele kellett ülnöm. Hatalmas a felelősség, egy idő után gyanítani kezdtem, kínos kérdéseik nem pimasz provokációk, nem vájkálni akarnak bennem, inkább így szeretnének indirekt módon „tanácsot kérni". Így rá kellett jönnöm, hogy azt a bizonyos áttörést sokszor nem is én kezdeményezem, hanem a „kiképzőim". Már csak azért is, mert amikor valaki képessé válik arra, hogy kérdezzen, akkor már arra is képes, hogy megtalálja, felfedezze, megalkossa a válaszokat is. Kérdezni ugyanis csak az tud, aki gondolkodik. A kérdések olyanok, mint a kifeszített íjak, amik a gondolkodás nyilait a válaszok céltáblái felé irányítják, és egyben mozgásba is lendítik.

A forró széket talán azért is szerettük annyira, mivel ilyenkor a céltábla igazából egy olyan dupla oldalú tükörként működött, amiben a kérdező és a kérdezett is közelebb kerülhetett önmaga megértéséhez.

„Én pont ilyen voltam… pont ugyanezért…"

Indiánt minden csapattársa tisztelte. Mikor tapintatosan érdeklődtem a srácoktól, hogy mivel vívta ki ezt az osztatlan megbecsülést, Csóka máris kész volt a válasszal: „Indiánnal mindig lehet tudni, hányadán áll az ember. Tisztázta év elején, hogy be lehet szólni, de az anyját ne szidja senki, mert akkor üt. Azt is mondta, hogy ha valaki balhézik vele, háromszor szól, hogy álljon le, negyedikre viszont szó nélkül lezúzza."

Láthatóan Csóka jól szórakozik az elképedésemen: „Szóval tetszik érteni… aki Indiántól kap egy sallert, annak pont arra a sallerre volt szüksége."

Én azért kételkedem, de aztán eljön az a nap, amikor átlagos idegrendszerrel bíró ember már tucatnyi sallert kiosztott volna a társaságnak. Rosszabbak, mint egy feldúlt darázsfészek. Félóra küzdelem után belátom, ma esélyem sincs emberi szót váltani velük. Csak ülök, és csendben figyelem a fejleményeket. Rajtam kívül egyetlen ember ül némán a teremben. Indián. Süt róla a feszültség. Elkapja a tekintetem, előrehajol és megmarkolja padja szélét, de olyan erősen, hogy teljesen elfehérednek az ujjai. – „Tanárnő, mondja meg őszintén, hogy bírja maga ezt ilyen nyugodtan elviselni? Én már, ha magának volnék, lepofoztam volna az egész bandát!"

Rámosolygok, már azon vagyok, hogy elvicceljem az ügyet, de hirtelen megérzem, hogy nagyon forró az a szék, amiben ülök.

– Tudja, miért viselkednek így? – kérdezek vissza. Megrázza a fejét. Még egy pillanatig vacillálok, de ő állja a tekintetem. Belekezdek, nem szépítem, nem puhítom. Miközben a fejünk fölött repkednek a táskák, könyvek, ruhaneműk, én, mint egy főiskolai konzultáción, elmondom, mi minden sérülés, hátrány érte ezeket a gyerekeket, miért és hogyan kompenzálnak, hárítanak. Indián figyel, és a lassan elpárolgó düh átadja a helyét benne egy olyan mély részvétnek, amelyet én még tizenhat éves ember részéről sosem tapasztaltam. Egészen

sápadt, amikor végül halkan megszólal: „Én pont ilyen voltam tizen-
egy éves koromban. Pont ugyanezért."
  „Akkor nem tudna nekik segíteni, hogy ők is túljussanak ezen,
mint maga?" – kérdezem. Nem válaszol, de én tudom, hogy van egy
új szövetségesem...

Utóhang: Másfél év múlva váratlanul be kell ugranom helyettesíteni
Indiánék osztályába. Nem akarok kompetens lenni ott, ahol nem va-
gyok az. Megkérem hát, hogy foglalják el magukat csendben, és ne
hozzuk egymást kellemetlen helyzetbe. Nem lesz gond, biztosítanak
vigyorogva. Én elmerülök a könyvemben, a srácok körbeülnek a sarok-
ban és beszélgetni kezdenek. Muszáj fülelnem, furcsa ez az egész...
komolyan, mintha egy szakmai esetmegbeszélésre ültek volna össze.
  Indián vezeti az „ülést", a téma: Csóri harmadik napja nem jött
be a suliba, és most szólt egy haver, hogy belekeveredett valami ban-
daháborúba, ahol csúnyán megruházták. Pár perc alatt kész a stra-
tégia: tanítás után meg kell látogatni, meg kell róla győződni, hogy
minden rendben van-e vele.
  Én meg csak ülök, szorongatom a könyvem és úgy teszek, mintha
egy nagyon megható művet olvasnék...

Fontosat kérdezni tehát nagyon is bátor dolog, hiszen a kérdező
hajlandó kilépni a bizonytalanba, kockáztat, és kiszolgáltatja
magát a másiknak, mivel a másiknál van a válasz. Ugyanakkor
a másik oldalnak is bátorságra van szüksége, hogy „beengedje" a
kérdést. Sokszor voltam olyan helyzetben, hogy nem juthattam
előbbre a gyerekekkel „egyenes" kérdezéssel, mivel az olyan lett
volna, mintha érzéstelenítés nélkül akarna gyökérkezelést foly-
tatni az ember fogorvosa. Ilyenkor igyekszünk elemelni a témát,
a kérdéseket a való élettől, és valamilyen mesébe, képbe, szim-
bólumba transzformálni, vetíteni. Persze az igazi cél az, hogy
előbb-utóbb a másik „látva lásson" és „hallva halljon".

„Akkor ezt most azonnal beszéljük meg!"

Önismereti csoportfoglalkozás a nyolcadikban. Igen (hiper)aktív társaság, nagyjából, mint egy zsák bolha. Esélyem sincs rá, hogy klasszikus beszélgető kört hozzunk létre. Mentőötletem támad. Két legyet ütök egy csapásra. Indirekt módon, de kicsit lelazulnak a tervezett játéktól a gyerekek, én viszont – ha csak áttételesen is – kicsit mélyebb betekintést kaphatok az életükbe, lelkükbe. Már javában benne vagyunk – láthatóan fel sem merül bennük, hogy ez valami többrétegű „pszicho" gyakorlat, mikor belém hasít: van azért a csapatban egy srác, aki „emelt szinten" játszik. Lopva ránézek, vajon Göndörnek leesik-e útközben a tantusz. Elmélyülten körmöl. Összesen hat kérdésre kell a játékban válaszolniuk szabad asszociációval. Lehetetlenség, hogy gyanakodni kezdjenek, hiszen a főiskolás csoporttársaimmal mi sem tudtuk magunktól megfejteni annak idején, pedig nekünk adtak támpontokat. A negyedik kérdés megválaszolása közben Göndör hirtelen megmerevedik, felszaladnak a szemöldökei, előredől, tekintete szinte átdöf.

– Tanárnő! Akkor ezt most azonnal beszéljük meg! Ugye ez jelent valamit? – mondja.

Mellé ülök, hogy a többieket ne zavarjam a munkában, úgy leplezem le a dolgot. Göndör erősen ráncolja a homlokát, teljes erővel figyel. Nem könnyítem meg a dolgát. Csupán a kulcsot adom meg, neki kell kinyitnia vele a zárat. Ő csak bámul maga elé szinte szigorú kifejezéssel az arcán. Hirtelen nagy levegőt vesz, és beszélni kezd. Nincsenek áttételek, nincsenek bemelegítő körök. Tűpontosan elemez. Tátva marad a szám. Nem teszek hozzá semmit, teljesen felesleges lenne.

Csak mosolygok, és úgy teszek, mintha abszolút természetes lenne, hogy egy tizenhét éves, úgynevezett deviáns srác perfekt pszichológiai elemzést ad egy projektív teszt alapján.

Elégedett vagyok, sőt büszke! Úgy érzem, ez ma itt felülmúlhatatlan volt! Két hét múlva szembesülök vele, hogy már megint milyen kicsinyhitű voltam…

Göndör a hosszú szünetben odajön hozzám. Azt mondja, feltétlen el kell mondania valamit. Tanítás után leülünk. Belekezd. Tel-

jes nyugalommal közli velem, hogy van egy bandája, aminek ő a vezére. Nem egy legényegylet; esténként és hétvégenként értékes szabadidejüket azzal töltik, hogy csavarognak, isznak, szívnak, randalíroznak, jobb pillanataikban garázdálkodnak. Semmi komoly – siet megnyugtatni Göndör, látva az elképedésemet –, csak egy kis autórongálás, meg ilyenek. (Az „ilyenek" fogalom tartalmát úgy döntök, inkább nem firtatom.)

– Egy ideje már nagyon elegem volt ebből az egészből – folytatja. – Most szombaton a törzshelyünkön lógtunk, amikor egyszerűen nem tudtam többet jó pofát vágni az egészhez. A spanok erre kinyögték, hogy furcsa vagyok mostanában, el is kezdtek félni tőlem.

Én meg kipakoltam. A képükbe vágtam, hogy tök értelmetlen baromság ez az egész, amit csinálunk, és én már nagyon unom.

De képzelje, elmeséltem nekik, hogy maga mutatott egy játékot, ami úgy betalált, hogy azóta is azon pörög az agyam.

Göndör belemelegszik, köpni-nyelni nem tudok. A srác részletes tudósítást ad arról, hogy vezényelte le a játékot, hogy vettek részt benne a többiek. Amikor a társairól mesél, a szeme megtelik együttérzéssel. – Tudja, olyanokat mondtak el a haverok, amikről még sosem beszéltünk; a szüleik válásáról, meg más ilyen durva dolgokról.

Összefoglalva, a helyzet a következő: Göndör gyakorlatilag megszervezett és levezetett egy önsegítő csoportfoglalkozást, jelen pillanatban pedig konzultál a „szupervizorával". Nem tehetek róla, de csak arra tudok gondolni, hogy ezt a történetet talán én sem hinném el, ha más mesélné nekem...

Kérdezni tehát annyi, mint mozgásba lendülni, kifeszíteni az íjunkat, hogy dinamikát adjunk a helyzetnek, kapcsolatnak és a gondolkodásnak. Gondolataink, szándékaink nyilai addig csupán passzív lehetőségek, amíg fel nem húzzuk az íjunkat és nem helyezzük bele a nyilakat. A kérdezés kilépés, bátor nyitás egymás, a világ, de önmagunk felé is. Amikor kérdezünk, akkor igazi erőfeszítést teszünk azért, hogy célba érjünk, azaz megtaláljuk vagy kitaláljuk a minket érdeklő válaszokat. A kérdések nemcsak motorjai a gondolkodásnak, hanem iránymutatói, vektorai is, tehát abban is döntő szerepük van, hogy ne tévedjünk el, ne vesztegeljünk zsákutcákban. Az ember bensője ugyanis nagyon könnyen válik olyan labirintussá, amiben saját maga is eltéved. Igazából olyannyira társas lények vagyunk, hogy saját magunkat sem vagyunk képesek a másik ember nélkül megérteni, megismerni. A kérdezés és a másikra szánt figyelem „csodákra képes". Beindíthatja azokat a fogaskerekeket, amelyeket addig a „tulajdonosai" nem nagyon mozgattak, egyszerűen azért, mert senki nem jelezte nekik, hogy fontosak, hogy érdemesek arra, hogy felfedezzék önmagukat és a magukban rejlő ezernyi ígéretet, lehetőséget, választ.

A kérdezés dinamikája persze akkor tud jól, olajozottan működni, ha figyelem veszi körül, ha a figyelembe van „beleágyazva". Közhelyszerűen, unalomig panaszoljuk, hogy rohanó és technologizált világunk tömegjelenségként termelte ki a figyelem- és koncentrációzavaros, a „multitasking" erényével dicsekvő és takarózó generációkat. A szintén „trendi" diagnózisban – a hiperaktivitásban – is komoly szerepe van gyökérokként és vezértünetként a figyelemhiánynak, figyelemzavarnak. Általános tapasztalat, hogy képtelenek vagyunk a kitartó figyelemre, kommunikációnk egyre felszínesebb, hiszen folyamatosan soroznak minket extrém módon „feltuningolt" impulzusokkal. A média tűzijátékszerű ingerekkel is csak lélegzetvételnyi időre képes megragadni és fenntartani a figyelmünket; hajlamosak lettünk azonnal továbbklikkelni, ha nem kapunk kész, erőfeszítés nélkül is azonnal fogyasztható infókat. Valójában az információs technológia high-tech világában legtöbbünk már nem is információkat (főleg nem tényeket és árnyalt magyarázatokat), hanem egyszerűen élvezeti értéket, élményt keres. Mivel a személyes energiabevitelt nem igénylő élvezetek csupán pillanatnyi, tovaillanó örömet képesek szerezni, egyre többet és többet muszáj belőlük fogyasztanunk ahhoz, hogy szinten tartsuk a közérzetünket. Jóléti kultúránk tömegeket terel a függőség dinamikájának csapdájába. Körbe lettünk véve kényelmi és szórakoztató kütyükkel, appokkal, de a használatuktól még nem hozott megoldást az általános elidegenedésre, tömeges magányra. Ahhoz, hogy kikerüljünk ebből a mókuskerékből, szükségünk van az egymás felé fordulásra, az egymásnak adott időre, energiára, empátiára – azaz figyelemre.

A figyelemajándék

Michael Ende egyik csodálatos gyermekregényének főszereplője Momo, a furcsa, tízéves árva lányka, akiről senki sem tudja, honnan jött és kinek a gyermeke. Valójában semmit sem tudnak róla, mégis iránta van a mesebeli városka lakóinak a legnagyobb bizalma. Ő a helybéli „bölcs", aki minden konfliktust megold, hozzá mennek még az öregek is, hogy kibékítse őket a haragosaikkal. Ha ő is ott van, akkor előbb-utóbb mindig békét kötnek az ellenséges felek és rendeződnek a dolgok. Mindenki hálás Momónak ezért, és mindig megköszönik a tanácsait, útmutatásait. Pedig Momo sosem „osztja az észt", valójában csupán egyetlen dolgot oszt meg a többiekkel: a figyelmét. Azt a fajta figyelmet, ami teljes önelengedést és önátadást jelent. Azt a fajta figyelmet, amikor kilépek az egómból, kilépek a védelmi falaim mögül, a biztonságot és az „önérzetet" adó sztereotípiáimat hátrahagyom, és minden erőmmel, szándékommal azon vagyok, hogy lássam, érzékeljem, értsem a másikat úgy, ahogy ő ténylegesen van, létezik, érez, gondolkodik. Ez a fajta figyelem olyan atmoszférát teremt a másik köré, hogy az képessé válik megnyílni, letenni a terheket, kibogozni az összekuszálódott szálakat, előbányászni a rejtett kincseket, feltárni a titkolt sebeket, kimondani a kimondhatatlant. Ez a figyelem az én szememben az egyik legnagyobb ajándék, amit az ember a másik embernek adhat. Ez a figyelem a lényege a Gary Chapman által „minőségi időnek" nevezett szeretetnyelvnek is. Olyan kincs ez, amiből – az időbe rekesztett földi létünk alatt – amikor adunk, akkor úgy tesszük azt, hogy tudjuk, senkinek sincs hatalmában visszaadni. Amikor odaadjuk az időnket, a figyelmünket a másiknak, akkor azt „örökbe" adjuk. A másik ember viszonozhatja bár, de „vissza" nem adhatja. Ez az ajándék arról szól, hogy most félreteszem magam és a saját életemet, és a létem középpontjába, fókuszába a másikat teszem. Ezt a figyelmet gyakorolni éppen ezért nagyon nehéz, igazi embert próbáló erőfeszítés.

„Fészek és tükör" a másik számára, ami ha kell, békességet, védelmet ad, ha kell, felráz, ha kell, megsebez, de mindig bekötöz. Fészek, mert védettséget, a törődés biztonságát nyújtja. Mert Isten egyik „beszélő" neve az, hogy „Gondviselő", ami annyit tesz: folyamatosan lát. De ki lát minket folyamatosan? Az, aki megállás és szünet nélkül figyel ránk! Tükör, mert „arcában láthatjuk meg az arcunkat", mert képes élesen, tisztán, torzítás nélkül visszaadni azt, amit lát. Ugyanis nem egyet kell értenem a másikkal, „csupán" értenem kell a másikat. Úgy, ahogy ő valójában van, úgy, ahogy talán éppen abban a helyzetben ő sem képes érteni magát. Ehhez nagy bátorságra van szükségünk, mert nem mi irányítjuk az eseményeket, nem mi uraljuk a dolgok értelmezését, kimondását, „csupán" jelen vagyunk a szituációban, mint tanúk, teherhordók, bajtársak. Az efféle figyelem egyik kulcsa, hogy nem kevés önfegyelemmel parkolópályára állítjuk önnön elképzeléseinket, szűrőnket, a saját szubjektumunkból származó zavaró tényezőket, hogy az ő szubjektuma szólalhasson meg minél tisztábban, minél inkább „zajmentesen". Paradox persze ez is, mert az értéshez muszáj értelmeznünk, értelmezni pedig csakis a saját rendszerünkön belül és keresztül tudunk. Megfoghatatlan, de pont e miatt az ellentmondás miatt működik! Kilépünk magunkból a másik felé, ugyanakkor önmagunk értő képességét adjuk „kölcsönbe" a másik számára, hogy ő is ki tudjon lépni magából, és így jótékony távolságból, friss nézőpontból jobban meg tudja érteni önnön magát.

Bevallom, engem mindig bosszantott, hogy ha a figyelem, a koncentráció fejlesztéséről esik szó, akkor leginkább miért csak az intellektuális teljesítménynövelés lebeg a szemünk előtt. Tiszta sor, hogy erre is szükség van, de egy másik emberre figyelni egészen más képesség. Nem elég hozzá az agyunk; a szív értelmére és szándékára van igazából szükségünk. A szívet pedig mégis hogy lehetne edzeni?! Pofonegyszerű a válasz: csupán csak elhatározással! Szíve ugyanis mindannyiunknak van. Matematikai, zenei vagy egyéb tehetségek terén jobbára különbözünk egymástól, de szívbéli talentuma mindenkinek lehet. Akkor is, ha mindent megtett a környezetünk, hogy eltorzuljon, sőt csonkolódjon. Ahogy a gyíkoknak újra képes megnőni a letört farkuk, úgy a szívünk is képes kinőni és jól funkcionálni. Sokszor szegezték nekem kollégáim és számos „civil" barátom hitetlenkedve (vagy egyenesen dühödten) a kérdést: hogyan vagyok képes szeretni az elviselhetetlenül agresszív, pimasz, kezelhetetlen gyerekeket? Voltak, akik alapból azt feltételezték, hogy nem vagyok normális; voltak, akik „szentté avattak", és voltak, akik kellő cinizmussal feltételezték rólam, hogy én is csupán képmutató vagyok a témában. Ma már nagyon örülök az ilyen provokatív, szkeptikus kérdéseknek. Ezek is tudnak jó kérdések, jó tükrök, jó sebek lenni. Például azért, mert arra késztetnek, hogy kívülről is, újra és újra megvizsgáljuk magunkat, indítékainkat, tetteink mozgatórugóit. Én is próbáltam ezt tenni: felgöngyölíteni, tetten érni a „titkom". Szerintem az élet valóban fontos, lényegi kérdései valójában olyan titkok, amelyek végtelenül egyszerűek, tiszták, magától értetődőek (azt hiszem, ezt a „közhelyet" már emlegettem a könyv elején is).

Azért akartam szeretni a szerethetetleneknek tűnőket, hogy magamnak is bebizonyíthassam, hogy igenis lehet mindenkit szeretni... akár még engem is. Azért akartam megtanulni szeretni, mert semmi sem tud csodálatosabb, euforikusabb élmény lenni számomra, mint azt átélni, hogy szeretnek. A szív pedig pontosan tudja a dolog „fiziológiáját", hogy akkor tudom ezt az állapotot, a szeretettség állapotát állandósítani magamban, az életemben, ha magam töltöm meg vele! Ha pedig következetesen töltöm és töltöm, akkor végül kiárad, és tölteni kezdi a másikat is!

Szeretni ugyanis valójában döntés, és nem érzés kérdése. Szeretni aktív erőfeszítés, és nem passzív élvezet. El lehet azon kezdeni, hogy elhatározom: rászánom az időmet, energiámat arra, hogy figyelmet adjak a másiknak. Dönthetek úgy, hogy a másik fontos számomra, és akkor fontossá fog válni – és én is fontossá fogok válni számára. Én a magam részéről eldöntöttem. Mert végülis ez az alanyi jogunk...

„Még, még, még..."

Kölyök megjelenésekor általában mozgásba lendültek a dolgok. Mondjuk úgy, hogy a langyos nyugalom, az unalom azonnal átadta a helyét egy készenléti állapotnak. Hősünk ugyanis profi módon volt képes konfliktust gerjeszteni. Bizonyára az volt a legdühítőbb benne, hogy mindezt széles vigyorral és csillogó szemmel tette. „Népszerűsége" csúcsán hetekig polgárőrök kísérték be az iskolába, nehogy balhé, bandaháború robbanjon ki körülötte. Kölyök valósággal lubickolt a szituációban, miközben sok ellenfele (nyilván az a bizonyos banda is) majd' megpukkadt mérgében, ő, mint egy „celeb", élvezte ki a személyi testőrök jelenlétét. „Istenadta" tehetsége abban állt, hogy kiszimatolva a másik rejteni próbált gyengéit, másodpercek alatt képes volt úgy beprovokálni vele az illetőt – mindezt persze csípőből és könnyeden –, hogy az elveszítse lélekjelenlétét. Kedvenc időtöltése az volt – egy „félhivatalos" forró szék alkalmával elképedve hallgattuk –, hogy valamilyen garázdaság, rongálás kapcsán beviteti magát a rendőrökkel, majd addig bosszantja a hatóságot, míg azok önuralmukat vesztik. Kéjes örömmel mesélte, mennyire kínosan érzik magukat ezek a meglett, harcedzett férfiak, amikor egy nyurga gyerek így ki tudja hozni őket a sodrukból. Édes volt ez a győzelem még akkor is, ha együtt járt néhány „atyai" pofonnal.

Kölyök tisztában van a talentumával, és igyekszik maximálisan kamatoztatni az iskolában is, legyen szó pedagógusról, gondnok bácsiról, osztálytársról, akárkiről – engemet is beleértve. Rendre zavarba hoz minket, de nemcsak azért, mert ellentétet, feszültséget ébreszt mindenhol, mindenki közt és mindenkiben, hanem mert mindeközben rendkívül „sármos" és szeretetre méltó. Patthelyzet. Mit lehet csinálni vele? Leordítani, megbüntetni teljesen felesleges, úgyis csak újabb harci győzelemként éli meg. Nevetni egy jót – vállvetve vele – és legyinteni mégsem lehet, mert még lehet, hogy feljogosítva fogja érezni magát a következő akcióra! Nem értem, de nézem, követem, hallgatom – figyelem.

Aztán egy nap a szokásos hetykeségét félretéve – máig nem tisztázott, miért pont akkor döntött így – feláll a padjából és odajön az asztalomhoz. Mindenki csendben dolgozik – úgy tűnik, sikerült végre

lefoglalni őket –, senki sem fülel. Kölyök leguggol elém, karját az asz-
talra fekteti, az állát pedig a karjára, onnan pislog fel rám. Olyan az
egész, mintha nem is tizenhét, csak ötéves lenne. Beszélni kezd, szo-
katlanul halkan, a jól ismert széles, „kúl" gesztusok nélkül, a szeme
végig a szemembe fúródik, vagy inkább kapaszkodik. Muszáj köze-
lebb hajolnom, szinte már én is ráfekszem az asztalra, hogy értsem a
suttogást. Kölyök mozaikosan beszél, az egész történet olyan, mintha
egy film előzetese lenne. Teljes erővel figyelek, hogy felfogjam, ösz-
szerakjam az impulzusdarabokat. Ahogy kezd összeállni a kép, egyre
nehezebb levegőt vennem –, valószínűleg neki is, mert egyre fojtot-
tabban beszél. Hirtelen megszakad a történet. Egy pillanatig együtt
hallgatunk. Amilyen hirtelen jött oda, úgy távozik Kölyök. Csendben
meredek magam elé. Belül viszont zakatol az agyam. Kulcsot kap-
tam! Kölyök teljesen önszántából kulcsot adott a kezembe magához
azzal, hogy elmondta az elmondhatatlant.

Kölyöknek apja nincs, az anyja meg olyan, mintha nem lenne. Snitt.
Tizenkét éves kora óta bandatag. Éjszakákba nyúlóan a bandával lóg,
mindenben benne van, legyen szó graffitizésről, csavargásról, vagy
kevésbé legális tevékenységekről. Snitt. A bandavezért Kölyök min-
denkinél jobban csodálja, feltétel nélkül rajong érte. Sötét. Kölyök
csaliként szerepel egy ügyletben, vagy legalábbis valahogy a tűzfé-
szekbe kerül. Snitt. Kölyök bénultan áll szembe egy rámeredő pisz-
tolycsővel. A pisztoly másik végén imádott vezére. Ocsmány vigyor
a száján, gyalázza, alázza Kölyköt – filmszakadás.

Nem térünk többet vissza a történtekre, nem pörgetjük újra a filmet.
Hetek telnek el így. Kölyök hozza a szokásos formáját, de mintha ki-
csit könnyedebb, vidámabb lenne. Lassan dominálni kezd a „sármos"
énje, viccelődik, bohóckodik, egyre többször csal mosolyt a környeze-
tében lévők arcára. A csoportfoglalkozásokon elemében van; ha el kell
játszani valamit, ő az első, aki felpattan és ezerrel „drámázik". Akkor
is felcsillan a szeme, amikor bedobom a „néma szempárbaj" játékot.
Kicsit szétesett a csapat, szeretném őket valahogy összeszedni, kitűnő
eszköz erre ez a feladat. Figyelmet, koncentrációt, a frusztrációtűrést
hivatott edzeni, és kellően provokatív ahhoz, hogy izgalomba hozza a

kamasztársaságot. A szemben álló párbajozóknak farkasszemet kell néezniük, és a figyelmük energiájával konfrontálódni. Az nyer, aki tovább és jobban bírja. Kölyök elsőként ugrik fel, hogy játszani akar de hogy ne tagadja meg magát nagyon, szemtelenül közli, hogy velem akar farkasszemet nézni. Akasztják a hóhért – gondolom, de természetesen megköveteli a mundér becsülete, hogy kiálljak párbajozni. Szerencsére a többiek is felpattannak, villámgyorsan párokba rendeződnek, és már el is kezdjük. Nem állítom, hogy varázsütésre csend lesz, fegyelem, de meg kell adni, komolyan próbálkoznak a feladattal. Kölyök rendületlenül vigyorog rám, megcsillan a harci kedv a szemében, ojjé, ezt a játékot neki találták ki, ez az ő felségterülete! Belekezdünk.

Nekem sem könnyű megőrizni a komolyságom, de muszáj, mert rajtam a világ szeme, és ha az én morálom meglazul, biztos, hogy szétcsúszik a társaság. Összpontosítok, Kölyök alig észrevehetően meghökken. Úgy látszik, nem számított rá, hogy felveszem a kesztyűt. Lemállik az idétlen vigyor az arcáról, és megkeményedik a tekintete. Csend lesz. Nem látom, de érzem, hogy a többiek is érzékelik: valami történik, és lélegzet-visszafojtva figyelni kezdenek minket. Kölyök mereven néz, megfeszülnek az izmai, sosem láttam még ilyennek. Mikor már éppen rezegni érzem a lécet és készülődöm egy legjobb esetben is döntetlenre, Kölyökben eltörik valami, finoman remegni kezd, a szemei gyanúsan csillognak. Rajtam a sor, hogy visszahőköljek. Hirtelen fény gyúl az agyamban, és azonnal összeugrik a gyomrom, hangtalanul tátogva üzenek Kölyöknek, hogy hajlandó vagyok feladni, abbahagyni. Megrázza a fejét, és hangtalanul üzen vissza egyetlen szót, de azt többször: még, még, még...

Már nem fogja vissza magát kicsit sem, csupa könny a szeme, és az egész teste reszket. A többiek sem fogják vissza magukat, körénk sereglenek, és szájtátva bámulnak.

Váltok. Farkasszem-akció sztornó. Csak nézem, és igyekszem a tekintetembe belesűríteni a létező összes empátiát, ami fellelhető bennem. Úgy érzem, nincs elég, nem lehet elég együttérzés, amire ne lenne most szüksége és joga. Szerencsére nem vagyok egyedül hagyva, és bár senki sem érti a helyzetet, érzik, hogy történelmi pillanatnak a tanúi. Egy szót sem szólnak – el sem hiszem, hogy nem használják ki a helyzetet, és nem adják vissza kamatostul a sokévi bosszantást.

Ehelyett a segítségünkre sietnek, és kipótolják az empátiakészlete-
met. Kölyök lassan kienged, kezd visszatérni a szín az ábrázatára,
megrázza magát, nagyot fúj, és végre megjelenik az a bizonyos va-
gány mosoly az arcán. A többiek is fellélegeznek, újraindul a vidám
„alapzaj". Én még nem merek „kiengedni", árgus szemmel figyelem
Kölyköt, aki elvegyül, és rendületlenül vigyorog a többiekre. Amikor
összeakad a tekintetünk, elkomolyodik, nem szól, de pontosan ér-
tem, mit üzen: KÖSZÖNÖM...

„Nem gond. Jól vagyunk..."

Paprika veszélyes kis hölgy, nem kifizetődő ujjat húzni vele. Min-
dig kész rá, hogy csípőre vágott kézzel kiossza azt a jómadarat, aki
megzavarta a köreit. Egy baleset miatt kellemetlen heget visel az ar-
cán. Durcásan támad, ha megjegyzéseket tesznek a „szépségére". A
szeme mindig elsötétül ilyenkor. Nincs mit tenni: egy nőt – amióta
világ a világ – megsebez és megkínoz, ha csúnyának minősítik. Mi-
vel szent meggyőződése, hogy ő tényleg csúnya, gyakorlatilag bárme-
lyik pillanatban megsebezhető. Nem maradt tehát más választása,
minthogy agresszióval ellensúlyozzon. Mikor kicsit is elfelejtkezik
arról, hogy ez a világ rendje, olyan melegség és gondoskodás nyil-
vánul meg minden mozdulatából, hogy mindenkit összezavar maga
körül. Persze a zavar nem tart sokáig, a sok kiéhezett gyerkőc bol-
dogan csapódik ilyenkor hozzá. Persze mi, felnőttek, nehezebben fo-
gadjuk el és kezeljük az ellentmondásokat a másik emberben, és az
iskola világa már csak olyan, hogy szívesebben koncentrál az árnyé-
kos oldalra. Paprika is pont ezért került hozzánk: a „nagy szája", az
azonnali agressziókészültsége miatt. Szerencsémre hamar vissza-
húzza a karmait, amikor beszélgetni kezdünk, és úgy tűnik, keresni
kezdi a társaságom. Többnyire a barátaihoz csapódva jön oda hoz-
zám, és súlytalan dolgokról cseveg. Váratlanul egy délután egyedül
jelenik meg a szobámban. Kicsit bizonytalanul mosolyog, szokatla-
nul csendes és komoly. Hellyel kínálom. Szórakozottan játszani kezd
a nagy fehér plüssnyúllal, aki „co-terapeutaként" funkcionál nálam.
Várakozásteljesen rámosolygok, ő zavartan visszamosolyog. Hosszú

csend következik, aztán halkan beszélni kezd – az anyukájáról. Még sosem említette. Meglágyulnak a vonásai, előtör belőle az a melegség, amit annyira szeretnek benne azok, akik ismerik ezt az oldalát is. Kirajzolódik egy kép egy családról, ahol a gyermeklelkű apuka és a számos felnőtt gyermek biztos pontja, kapaszkodója egy asszony, aki mindig mindenről és mindenkiről gondoskodik. Hú, de jó lenne, ha hallaná ez az anyuka – gondolom –, hogyan beszél róla a tizenhat éves lánya, a legkisebb gyereke. Az idilli történet egyszer csak fájdalmas fordulatot vesz, Paprika egyre szorosabban öleli a plüssnyuszit magához. Összefolynak a mondatai, nekem meg egyre nehezebben forog az agyam, olyan ködössé válik az egész. Paprika rendületlenül mesél – igaz, egyre fojtottabban –, és közben folyamatosan a szemembe néz. Nem nézhetek félre. Pedig annyira szeretnék... Aztán amikor odaér a történet, hogy az apuka az alig tizenegy éves Paprika karjában zokog, és éppen megígérik egymásnak, hogy nem lesznek öngyilkosok, nem bírom tovább, tétován kinyújtom a kezem és elveszem a nyuszit Paprika kezéből – rajtam a sor, hogy belekapaszkodjak. Irtózatosan szégyellem magam, de képtelen vagyok visszatartani a könnyeim. El sem rejthetem, mert Paprika fogva tartja a tekintetem. Érzem, ahogy megkönnyebbül. És akkor rájövök, hogy nem kell egyetlen egy szót sem szólnom, nem kell segítenem, tanácsot adnom, nem kell bátorítanom, vigasztalnom. Úgysem tudnék semmit mondani. Fogalmam sincs, milyen érzés lehet tizenegy évesen megélni, hogy az anyám meghal, de nekem muszáj erősnek lennem, mert az apámban tartanom kell a lelket.

Amit érzek, valójában nem is biztos, hogy az én érzéseim; talán csak azok, amit Paprika érzett volna, ha szabad lett volna gyengének és tehetetlennek lennie.

Paprika arca most nagyon-nagyon komoly, mégis békés. A hangja is kitisztul, teljes nyugalommal meséli tovább, hogyan vált ezek után pattanásig feszültté, agresszívvé. Nem mondja ki, de tudjuk, hogy összerakta a képletet, hogy megtalálta az okot és a következményt.

Kopognak az ajtón, lejárt az időnk. Nem gond. Jól vagyunk...

Utóirat: Paprika időnként már olyan, mintha az asszisztensem lenne. Kedvesen kézen fogja és behozza hozzám azokat, akiknek – meglátása szerint – segítségre van szükségük. Van, hogy bent is marad, és részt vesz a „tanácsadáson". Hatékonyan működünk együtt. Kiváló kolléga.

A figyelem csodája, hogy képes áttörni azokat a falakat, amelyeket azért épített maga köré az ember, hogy megvédje magát a többiek támadásaitól, vagy azokat, amelyeket önmagában belül épített fel, hogy megvédje magát a saját fájdalmaitól, félelmeitől. Azok a bizonyos belső falak a legborzalmasabbak: bebörtönzik a veszteségeinket, rettegéseinket saját magunkba. De miért építjük fel önként ezeket a szögesdrótokat önmagunkban, önmagunk számára? Mert – ahogy a kiváló amerikai pszichiáter, Judit Hermann megfogalmazza, az ember rendszerint úgy védekezik a traumáitól, hogy kitiltja azokat a tudatából. Vagy inkább be- és letiltja, ahogy a szervezet hajlamos tályogokat képezni. De ezek a belső tömlöcök aztán rohadásnak indulnak és áteresztik a traumák „gennyét", hogy az alattomos módon megfertőzze a lélek minden szervét, működését. A szerető figyelem képes leleplezni ezeket az önmérgező gócokat, és elindítani a kitisztulás, a gyógyulás folyamatát.

Amikor úgy döntünk, hogy elkötelezzük magunkat a másik iránti figyelemre, akkor nem kell kész forgatókönyvekkel és megoldási receptekkel rendelkeznünk. Erre úgysem lesz maradéktalanul képes az ember soha, ugyanis sosem mi fogunk a másik helyett élni és cselekedni. Sőt – hogy, hogy nem, egy újabb paradoxonba ütközünk itt –, ha még esetleg van is megoldó képletünk, akkor sem tesszük jól, ha ex-katedra az orra alá dugjuk a másiknak. Hol van akkor ő belőle, hol van akkor az ő kompetenciája (ugyebár az, ami alanyi jogon jár.)? Hogy lesz akkor valóban övé a megoldás, ha elvesszük tőle az odavezető utat, ha megspóroljuk neki a rátalálás, a megfejtés katarzisát? A jó figyelő (aki egyben jó kérdező is) tehát olyan tükörfelület, amin kinagyítva, megvilágítva, fókuszálva láthatja meg a másik önmagát; olyan lakmuszpapír, amely láthatóvá teszi a másik számára önmagából azt, ami elfedett, ami eladdig láthatatlan volt. Ennyit tehetünk, ennyit „legális" tennünk azért, hogy a másik „megszelídüljön", a többit – azt, hogy mit kezd a meglátott problémával, megoldással – neki kell eldöntenie. De jó reménységre ad okot az, hogy tudjuk, a szerető figyelem hidat épít, hiszen nem csak azt üzeni: „gyógyulásra van szükséged", de azt is, hogy érdemes és képes vagy a gyógyulásra. Ezen a ponton határozottan hátra illik lépnünk. Akkor is, ha már annyira benne vagyunk a másik személyes terében, hogy számunkra is személyessé, fontossá vált az ügye. Ilyenkor hatalmas jelentősége van annak ugyanis, hogy a megbélyegzett a tehetetlenség bénító fogságából kilépve teleszívhassa végre friss levegővel a tüdejét és világossá váljon számára, van saját ereje a helyreállásra a jóvátételre, a továbblépésre. Mert az a bizonyos kompetenssé válás is alanyi jog, kihagyhatatlan összetevője az emberi méltóságnak. Érdekes módon ez a háttérbe vonulás annál nehezebb, minél inkább magunk is hajlamosak vagyunk másra testálni életgondjaink kezelését. Ugye ez is ismerős közhely? Ha nem akarunk megbirkózni a saját kihívásainkkal, előszeretettel igyekszünk okosak, bölcsek, nagylelkű segítők lenni mások életében. (Annyira gyakori „működési mechanizmus", hogy neve is van: helfer szindróma.) Ez a csapda óhatatlanul ott lesz minden emberszelídítésre vállalkozónak az útjában. Jó, ha tisztázzuk a helyünket a szituációban. Nem vagyunk egy lépéssel sem előbbre, nem mi irányítunk, nem vezetünk. Csupán a másik mellett vagyunk, és kísérjük...

A kísérés, avagy a szelíd navigáció

Nagyon sokszor vertem be az orrom a falba azért, mert a saját tempómat, saját látásmódomat akartam ráhúzni egy-egy helyzetre, egy másik ember helyzetére. A szelídítők egyszerűen nem hagyatkozhatnak kizárólag a saját elképzelésükre, mivel ők csak mellékszereplők. Bár kimondottan hasznos gondolatban egy lépéssel, egy orrhosszal előbbre járni, mégis a legjobb a másikkal együtt mozdulni. Hiába nagy a kísértés arra, hogy kikövezzük a másik ösvényét, nem szabad megspórolni nekik az „úttörést". Lehet, hogy már száz hasonló üggyel volt dolgunk, de nem veszíthetjük szem elől, hogy a másiknak ez az első, és nem egy „eset", hanem az élete. Amint megfeledkezünk erről és „rutinból" akarjuk kezelni a másikat, könnyen a „hübrisz" vétkébe eshetünk. A gőg, az elbizakodottság pedig villámgyorsan elvakulttá tesz, nem beszélve arról, hogy a másikat még akkor is elvadítja, ha egyébként maga vágyik a megszelídülésre. Odüsszeusz története nekem arról szól, hogy amíg valaki nem lesz tisztában azzal, hogy mi a fontos számára igazán – méghozzá annyira, hogy az elvesztése félelmet, fájdalmat, tehetetlenséget okozna –, amíg ehelyett gőgösen veri a mellét, hogy ő sebezhetetlen és überkompetens, addig biztos, hogy tévutakon fog kerengeni, és jó eséllyel egymás után veszíti el azokat a dolgokat, embereket, akik jelentettek valamit számára, a teljes lenullázódásig.

A másik kínos tanulság, hogy valami oknál fogva mégsem spórolhatja meg ezt egyetlen élő ember sem. Biztos, hogy mindenkinek volt/van/lesz olyan terület az életében, ahol meg kell járnia a maga Odüsszeiáját (valakinek több tucat ilyen van, és valakinek az egész élete az). És más sem spórolhatja meg neki.

Sokat gondolkodtam azon, hogy vajon az emberek miért hajlamosak elvárni azt, hogy a gyerekeik mindenben elfogadják az ő élettapasztalataikat, tanácsaikat, és lemondjanak a saját tapasztalataikról. A másik fájdalmait sem tudjuk érezni és átvenni. Ugyanígy vagyunk egymás tapasztalataival, döntéseivel is. A legtöbb, amit tehetünk, hogy támogatjuk a másikat abban, hogy a saját élettapasztalatait jól dolgozza fel, hogy a döntéseit körültekintőbben hozza meg. Ha úgy dönt, hogy egy zsákutcába mégsem gyalogol be, mert bízik bennünk, bízik a mi tapasztalatainkban, véleményünkben, hadd legyen az is az ő döntése. Ugyanis a következményeit is ő viseli, akármilyen is az! Ha száz százalékosan ránk hallgat a másik, akkor is az övé a döntés, és annak minden folyománya. És nincs két egyforma helyzet, kihívás, életfeladat, ahogy egyforma ember sem. Honnan tudhatom biztosan, hogy ha az én meglátásom szerint dönt és cselekszik a másik, akkor annak mi lesz az eredménye? Sosem ismerhetünk minden részletet, összetevőt a másik emberből ahhoz, hogy biztosan előre jelezhessük, hogy mit fog hozni számára egy döntés.

Magunkat sem ismerjük eléggé, egyetlen ember sem rendelkezik előre az élete puzzle-jének minden darabkájával. Minél többet foglalkoztam gyerekekkel, annál gyakrabban estem kétségbe: egyáltalán milyen alapon akarjuk mi befolyásolni az életüket, személyiségüket?! Honnan tudjuk, hová tartanak, milyen életfeladataik lesznek, milyen sorssal kell majd megbirkózniuk? Honnan tudjuk igazából, mire van szükségük? Arra jutottam, hogy tőlük kell ezekre a kérdésekre megkapnunk a választ. Ezért adjuk a figyelmünket, ezért kérdezünk, és ezért állunk/megyünk mellettük, hogy katalizátorai lehessünk a felismeréseiknek, felépülésüknek, döntéseiknek – megszelídülésüknek.

„Minden arról szól, hogyan és miért kell tovább élni…"

Szőke amolyan laza srác volt, folytonosan ott ült egy pimasz félmosoly az arcán. Első beszélgetésünk nagyjából arról szólt, hogy csak nem képzelem, hogy ő nekem bármit bármikor el fog mondani magáról. Jó félóráig tartott, amíg elhitte, hogy a velem való kommunikációra nem kényszeríti senki; sem az iskola, sem a nevelési tanácsadó, sem senki. Mikor végre elhitte, akkor alig észrevehetően zavarba is jött. Azt hiszem, megint egyszer nem passzoltam bele egy deviáns „kemény gyerek" forgatókönyvébe. Így hát Szőke felpattant és távozott, de még az ajtóban közölte, hogy most láttam itt őt utoljára. Őszintén szólva, semmi okom nem volt mást remélni.

Hosszú hetek teltek el, és még csak nem is találkoztam Szőkével, a folyosón is messze elkerült. Nem tudom egészen pontosan, hogy keveredett el újra hozzám – azt hiszem, két másik gyerekhez csapódva jött be a tanácsadóba. Igazából nem is beszélt, csak megfigyelőként volt jelen. Az volt a benyomásom, hogy tesztel. Idővel egyre többször és többször jelent meg, és hébe-hóba már szóba is állt velem. Az volt a szokása, hogy megpróbált beprovokálni valamilyen kínos kérdéssel. A replikákat pedig igyekezett a lehető legszkeptikusabb, már-már cinikus arckifejezéssel végighallgatni. A kínos kérdések egyre inkább rólam szóltak, engem voltak hivatottak feltérképezni. Legalábbis erre törekedett... látszólag. Nem vagyok benne biztos, hogy akkoriban már „levette", hogy szép csendben én is „levettem": ily módon akar olyan kérdésekre választ kapni, amik őt érintik, és hogy valamiért bízik bennem, bízik a válaszaimban. Mivel nem voltak ezek a „dupla-csavarok" kimondva, nem mondhattam meg nyíltan, hogy az én válaszaim nem biztos, hogy az ő válaszai. De legalább a válaszaimmal továbbvihettem a kérdéseit, pontosíthattam, meghosszabbíthattam, azaz leheletfinoman navigálhattam Szőkét arra, hogy egyre tisztábban, konkrétabban, áttétek nélkül fogalmazza meg azokat ... és magát.

Egyik délután, amikorra már Szőke „elő volt nálam jegyezve", jött a hír: meghalt az édesanyja, ezért három napig nem jön. A hír eljutott a gyerekekhez is. Három nap után megjelent Szőke – szokásos hanyag testtartás, pókerarc. Elképesztő, milyen tapintat nyilvánult meg felé a srácok részéről. Egyetlenegy szó sem esett a „dologról", de mindig mellette voltak. Szőke többnyire zsebre tett kézzel álldogált a szünetekben. Igyekezett hozni a „kúl" formáját, de mereven előregörnyedt, és egész nap olyan fehér volt, mint a meszelt fal. Lehet, hogy csak én képzelődtem, de mintha direkt került volna minden szemkontaktust velem. Innentől kezdve he-

tekig, hosszú-hosszú hetekig ezt játszottuk. Én távolról figyeltem, kezd-e már végre kicsit élénkebb árnyalatú lenni az arca, egyenesebb-e már a háta, és beszélget-e a többiekkel, vagy csak álldogál köztük a folyosón. Nem tagadom, legszívesebben odamentem volna hozzá, hogy megöleljem, és elmondjam neki, hogy muszáj megélni, „kiélni" a gyászt, különben betokosodik és bénulttá tesz. De tudomásul kellett vennem azt, hogy ez az ő gyásza, az ő tempója, az ő lelke, nem az enyém. Egyet tehettem: várhattam állandó nyitottsággal, készültséggel. A szerva nála volt.

Éppen az egyik kollégámmal egyeztetek a tanácsadó ajtajában, amikor hirtelen odalép mellém Szőke. Félszegen mosolyog, és megdicséri a fülbevalómat. Egy pillanatra fennakadok – ez olyan nőcis dolog, nem, egymás ékszereit, ruháit, sminkjét megdicsérni? –, de ahogy a szemébe nézek, lenyelem a kissé csipkelődő megjegyzést. Ehelyett csak visszamosolygok. Mindketten tudjuk, hogy most tört meg a jég.

Innentől Szőke állandó, mondhatni „törzsvendég". Egyre jobb kedvű, egyre közlékenyebb. Mindenről beszélgetünk, néha olyan oldottan, hogy már csak a tea vagy a kávé hiányzik a tanácsadó kis asztaláról. Egyetlenegy témát kerülünk következetesen. Bizonyos értelemben mégis folyton arról beszélünk, hiszen az, hogy mit miért érdemes megismerni, mivel mi a dolga az embernek, miről szól a hit… minden arról szól, hogyan és miért kell tovább élni.

Éppen a jegyzeteimet igyekszem rendezni két óra közt, amikor váratlanul beállít Szőke a párjával. Már az is megérne egy történetet, hogyan jöttek be először hozzám kettesben és hogyan közölték kb. félórás rejtvényfejtés formájában azt, hogy ők most akkor egy pár. Az illető kis hölgy a kedvenceim közé tartozik, tele van energiával, harci kedvvel, és olyan éles a tekintete, mint a penge. Most zavarodottság, enyhe düh tükröződik benne, csipetnyi kétségbeeséssel. Szőke mögötte áll (jó fejjel magasabb), és „macsósan" vigyorog. Tücsök in medias res vág bele a mondandójába – ahogy szokta –, és közben hevesen gesztikulál, ahogy szokott. Viszonylag rutinosan tudom már szűrni, bogozni, illeszteni a röpködő szavakat. Amikor végre levegőt vesz, gyorsan időt kérek, majd szándékos lassúsággal foglalom össze a lényeget. Tücsök megkönnyebbülve fúj egyet és bólint, Szőke vonásai megfeszülnek a háttérben. Kihasználva a pillanatnyi szünetet, hellyel kínálom őket és Szőkéhez fordulok. Nem nagyon akar beszélni, Tücsökre mutogat, hogy inkább ő beszéljen, mert különben is neki van baja, ő balhézik. Tücsök nem rest magához ragadni a szót újfent. Szőke most már teljes megadással, passzívan hallgatja, ahogy Tücsök kitálal.

Mondhatni ősi férfi-nő problémáról van szó: a nő sérelmezi, hogy a férfi nem hajlandó kimutatni az érzelmeit, nem hajlandó megosztani a nővel gyengeségeit, a sebezhetőségét, és nem akar elköteleződni, miközben elvárja, hogy a nő a lábai elé tegye a szívét, gondoskodjon róla, kényeztesse. Na nem, nem fogok most arról papolni, hogy időtlen idők óta konfliktus ez a nemek közt! Van egy olyan érzésem, hogy ezt Tücsök is tudja. Szőke megszeppenve néz hol rám, hol Tücsökre. Csapdahelyzetben érezheti magát: két nő közt kellene valahogy állnia a sarat, és megőriznie férfiúi önérzetét. Elkapom az egyik pillantását – szabályos S.O.S. kérés sugárzik belőle. Nagy levegőt veszek, muszáj kockáztatnom. Kihúzom magam, és már-már szertartásos komolysággal kérek engedélyt Szőkétől, hogy helyette és a nevében elmondhassak valamit Tücsöknek. Szőke egy másodpercre megdermed, majd nagyot nyel és bólint. Az iménti komolysággal fordulok Tücsökhöz, és egyenesen a szemébe nézek. Veszi az adást, ő is elkomolyodik. Nagyon lassan, tagoltan mondom ki a következő szavakat. Nem bonyolítom, tőmondatokban beszélek – csupán a lényeget. Elmondom Tücsöknek, hogy mennyire fáj az édesanyám halála, hogy mennyire ijesztő úgy szeretni, hogy elveszíthetem a másikat. Tücsök szeme megtelik együttérzéssel. Szemem sarkából Szőke arcát kémlelem; ül magába roskadva, és bámul mereven a semmibe. Mint a futó árnyék, úgy villannak fel egymás után az érzelmek az arcán: düh, fájdalom, kétségbeesés, reménytelenség... bűntudat.

A szavaimat hosszú csend követi. Tücsök tétován fordul Szőkéhez, nem szól semmit, csak nézi. Szőke állja a tekintetét. Aztán hirtelen mindketten rám mosolyognak immár vidáman. Egyszerre állnak fel, és mire észbe kapok, már kívül is vannak az ajtón.

Utóhang: Nem térünk vissza erre soha, továbbra sem beszélünk Szőke édesanyjáról. A beszélgetéseink viszont most már kivétel nélkül min-

dig oldottak, és egyre kevésbé áttételesek. Már nem kerülgeti a forró
kását, nyíltan kérdez és nyíltan mondja el a saját válaszait. Úgy tű-
nik, helyére kerültek a dolgok, most már megy minden „magától". Az
egyik alkalommal Szőke mégis feszengeni kezd. Jó, jó, most nem csak
„társalgunk", most tényleg van egy fontos ügy, ami aktuálisan meg-
oldásra vár. Hirtelen nekem szegezi a kérdést: én hogy döntenék eb-
ben a helyzetben? Mire belekezdenék, hogy ő nem én vagyok, előre-
hajol és úgy kér: mondjam meg, hogy kell ezt megoldani, és akkor ő
úgy fogja csinálni. Rajtam a sor, hogy feszengeni kezdjek. Megható-
dom egy pillanatra, látva a feltétlen bizalmat a velem szemben ülő
gyerek szemeiben, de aztán hideg zuhanyként ér a felismerés: most
kell hátralépnem. Eddig tartott a kísérés. Ha folytatom, ha elfoga-
dom az „ajánlatot", az már az életébe való befolyásszerzés, szerep-
vállalás; olyan, ami jelen pillanatban csak a szülőjétől, az anyjától
lenne helyénvaló. Nem válaszolok, helyette a szemébe nézek „férfi-
asan", és így próbálom üzenni: Fontos vagy, értékes, és én szeretlek
téged, de nem vagyok az anyukád, és nem is lehetek az. Nem mehe-
tek veled tovább, nem lenne tisztességes.

Szomorkás a tekintete. Azt hiszem, az enyém is.

Továbbra is örülünk, amikor találkozunk, és továbbra is oldottan be-
szélgetünk, de már van köztünk egy lépés diszkrét távolság. Ha úgy
alakul, intenzíven vitatkozunk is, de végre vitapartner lehetek, és
nem döntőbíró. Na, most kerültek helyére a dolgok.

A kulcs már megint az egyik „alanyi jog", a kompetenciaigény,
aminek a megnyilvánulási formája valójában a szabad akarat.
Azt, hogy ténylegesen legyen kellő ismeretünk, tudásunk, ké-
pességünk egy élethelyzet kezelésére, megoldására, senki sem
tudja garantálni. De azt igen, hogy lehetőségünk, mozgáste-
rünk, jogunk és felelősségünk legyen megbirkózni az életfel-
adatainkkal. Aki kísér, az leginkább abban segít, hogy rendel-
kezésre álljon és megragadható legyen ez a lehetőség. Bizonyos
módon tehát képviseli a „garanciát" ahhoz, hogy a másiknak
aktív és központi szerepe lehessen az életével kapcsolatos dön-
tésekben. A kísérés dinamikájának, finom koreográfiájának

alapelve, stratégiája, hogy fokozatosan „hátrálva" távolodunk a kísért személytől, így segítünk neki egyre nagyobb mozgásteret kialakítani a saját életében, egészen addig, amíg már biztosan tud élni az alanyi jogával, a kompetenciájával. Hogy kinél milyen tempóban működik ez, milyen íveket rajzolunk le az együttműködésben, teljesen egyénfüggő. Persze nem akarok azzal a végzetesnek és már-már aszketikusnak tűnő „bölcsességgel" jönni, miszerint az a cél, hogy teljesen feleslegessé váljak a másik számára, mert ez így egyszerűen nem igaz. Nem arról van szó, hogy az a legnagyobb eredmény, ha teljesen megszakad minden kapcsolat. Nagyon jó, ha nincsen függés, nincsen egymásrautaltság, hierarchia, de szerintem az igazi eredmény a jó „felebaráti" kapcsolat, amiben már a kölcsönösség, a szabadság dominál. Ha egy tanítványom, „kliensem" nem akar megismerni az utcán, kerüli a velem való elemi kontaktust, kommunikációt, akkor valamelyikünk, vagy a köztünk lévő kapcsolat nincsen rendben. Ugyanúgy problémás helyzet, mintha titokban azon keseregnék, hogy miért ilyen független a másik, miért nem kötődik már olyan erősen, „intimen", mint a kísérés időszakában. Ennek a fordítottja is probléma, amikor ő tart engem „hűtlennek", sőt szívtelennek ugyanezért.

Természetesen ezek a verziók minden gond nélkül keverednek egymással és bonyolítják a helyzetet, míg a kívánatos alternatíva kialakítása komoly önuralmat, „egyensúlyérzéket" kíván mindkét fél részéről. A kísérés, a szelídítés nagyon érzékeny „kötéltánc", minden pillanatban az optimumot, az egyensúlyt keressük. Ez az optimum pedig mindig mindenkinél és minden helyzetben más. Itt van igazán életbevágó szükségünk a figyelemre, az empátiára. Teljesen mindegy ugyanis, hogy én hol tartok, hol tartanék, ha a másik félnek más a tempója, a reakcióideje.

Amikor például borzalmakat kell átélnie egy embernek, akkor rendszerint megfagy, valóságos lelki csonkolás történik benne, különösen, amikor egy másik ember okozza a traumáját. Akármilyen szörnyű egy természeti katasztrófát átélni, abban sérülni, veszteséget elszenvedi, mégsem lehet mérni azon iszonyatokhoz, amelyeket más emberek követnek el embertársaik ellen. A kimondhatatlan, teljes kiszolgáltatottságot jelentő rosszra aligha vagyunk képesek tudatosan reagálni. Hiszen – ahogy korábban szó esett róla – pont a tudatunkból igyekszünk „ösztönösen" kizárni az elszenvedett érzéseket, helyzeteket, eseményeket. Megőrizheti az ember a méltóságát, de az, hogy maximálisan rezisztálja a hatását egy „övön aluli" csapásnak, az normálisan lehetetlen. Ez azt is jelenti, hogy a rossz dolgok az életben nem tartják tiszteletben az emberek döntési szabadságát. Amikor viszont jót kap egy ember, akkor mindig lehetősége, joga van ahhoz, hogy eldöntse: elfogadja, „beengedje", vagy nem. Éppen ezért kíván fokozott „egyensúlyérzéket" a kísérés. A szelídítő kísérésnek, az abban megnyilvánuló empátiának pedig a traumák felszínre hozásakor és feldolgozásakor kell talán a legérzékenyebben működnie. Az ilyen helyzetekben válik csak igazán kötéltánccá a kísérés, hiszen – egy újabb paradoxon – minden pillanatban egyensúlyoznom kell: egyszerre kell stabil biztonságot nyújtanom, ugyanakkor bátor impulzust a bénult, tehetetlen állapotból való kilépésre, a megküzdésre. Elveszítheti az egyensúlyát és leeshet a kötélről akkor is, ha hátra, de akkor is, amikor előre lép, de ha én vagyok a védőháló, akkor jó eséllyel visszamászik a kötélre, és előbb-utóbb végigmegy rajta.

„Hát, az én apám nem ügyvéd..."

Böbe néni, idős kolléganőnk feldúltan viharzott be a tanáriba. Az asztalra csapott – szó szerint –, majd ellentmondást nem tűrően kijelentette, hogy most azonnal adjunk ebédet Nyurgának. Őt nem érdeklik a szabályok, hogy mi jár meg mi nem a szociális törvények szerint, ha kell, majd ő befizeti a srácot ebédre.

Értetlenül meredtünk rá, és valaki tényleg megpróbálkozott vele, hogy elmagyarázza neki, hogy a tagozatosok nem jogosultak államilag támogatott iskolai étkeztetésre.

Böbe néni – a tőle megszokott vehemenciával – félresöpörte a kifogásokat és vádlóan nekünk szegezte: „Ti még nem vettétek észre, hogy milyen bágyadt, sápadt az a kölyök, hogy majd' kiszédül a pad-

ból, és szinte zöld a feje?!" Valószínűleg vette az adást, hogy bennem ténylegesen sikerült érzékeny húrokat megpengetnie, ezért közvetlenül nekem folytatta:

– Ma addig kérdeztem, amíg végül csak kinyögte, hogy egész nap nem szokott enni, csak este, amikor hazaér...

Na, erre már tényleg elöntött a szégyenérzet: és én még azt hittem, Nyurga csak azért ilyen csontsovány, mert hirtelen nőtt kamaszfiú, „szálkás" genetikával megáldva...

Nyurga egyébként már egy éve járt hozzánk, és még a legkekecebb pedagógus sem találhatott semmilyen kifogást a magaviseletében. Olyannyira nem, hogy nekem már eleve rendkívül gyanús lett; egyszerűen nem fért a fejembe, hogy mit keres a „deviánsnak" címkézett tagozaton egy ennyire kedves, tisztelettudó, csendes gyerek. Mivel senki nem mondott róla semmit – azt hiszem, senki nem is tudott róla semmit –, tőle magától kérdeztem meg az egyik nagyszünetben, amikor az udvaron mellém csapódott. Szégyenlősen elmosolyodott, mindig sápadt arcán enyhe pír jelent meg, úgy válaszolt: Nagyon ciki, tanárnő, biztos, hogy elmondjam? Biztosítottam róla, hogy jó pár éve húzom itt az igát, mondhatni harcedzett vagyok, ne kíméljen. Erre minden körítés nélkül kibökte, hogy van másfél év felfüggesztett börtönbüntetése.

Aztán elnevette magát, látva az arckifejezésemet...

– Nyurga – szólaltam meg, amikor magamhoz tértem a megrázkódtatásból –, legyen szíves, ne csináljon belőlem hülyét! Mégis mi a bánatért???!!?

Erre végre megeredt a nyelve és elmesélt egy teljesen átlagos, gyerekes csínyt, amelynek keretében bombariadót csinált telefonon azért, hogy az osztálya megússza a matek témazárót...

Erre már dühös lettem. Egyrészt, mert már szinte közhelyes volt az egész történet, másrészt, ha Nyurga egy ügyvéd apuka kicsi fia példának okáért, akkor simán megússza az egész balhét egy közepes ejnye-bejnyével. Ezt közöltem is pacekba Nyurgával. A tekintete élessé vált egy pillanatra, és egyértelmű volt, hogy tisztában van ezekkel a társadalmi egyenlőtlenségekkel. – Hát, az én apám nem ügyvéd – mondta egy eladdig nem tapasztalt, furcsa keserűséggel a hangjában.

Nem nagyon hagyott nyugodni az ügy, de sajnos vannak szituációk, amikor muszáj önfegyelmet gyakorolni és nem ráborítani a másikra a kérdések özönét, még akkor sem, ha valójában nagyon is szüksége lenne rá, hogy válaszoljon rájuk. Egyszerűen ott volt egy láthatatlan stoptábla, nem hághattam át Nyurga közlekedési szabályait. De attól a naptól fogva egy nagyon kedves reláció alakult ki köztünk, egyfajta „derűs cinkosság".

Nyurga egyre gyakrabban szegődött mellém a szünetekben, és egyre oldottabban társalgott velem.

Egyik délután nem jött be a suliba, és valami olyasmit magyarázott az igazgatóhelyettesünk, hogy el kellett költözniük otthonról, de nem együtt, hanem az anyukája a húgával az egyik rokonhoz, Nyurga meg valami baráti családhoz. Mindenesetre felettébb zavaros volt az egész történet.

Mikor legközelebb megjelent, beesett volt az arca, karikás a szeme, és soványabbnak, görnyedtebbnek tűnt a megszokottnál is.

Amikor kettesben maradtunk az udvaron, azzal a bizonyos éles tekintetével fürkészni kezdett, aztán – se szó, se beszéd – kifakadt: „Anyám egy hete fel sem hív! Csak én hívogatom! De ugye neki kellene engem felhívnia, mégiscsak az anyám?!"

Hebegni-habogni kezdtem, belőle meg dőlni kezdett a szó:

– És nem mehettem velük el egy helyre... külön kell laknom tőlük, mert muszáj volt otthonról elmenni... az apám miatt... pedig én mindig, de mindig kiálltam anyuért... szó szerint... odaálltam közé, meg az apám közé, hogy inkább engem verjen, amikor tök részeg, ne anyát meg a hugit... de most már nem is érdeklem, fel sem hív..."

Szóval, amikor Böbe néni berontott magából kikelve a tanáriba, akkor kiderült, hogy nem csak nem hívja fel Nyurgát az anyja, de nem is ad pénzt neki se ételre, se semmire. A baráti családhoz meg csak estére megy oda, így legalább náluk tud vacsorázni.

Aznap délután – amikor éppen készültem elfogyasztani az uzsonnámat egyedül üldögélve a tanáriban –, egyszer csak ott termett Nyurga, és nagyot nyelve bámult az előttem lévő tálcára, amin katonás rendben sorakoztak a szendvicsek. Nem tudom, mikor éreztem *magam utoljára ilyen cefetül. Összekapkodtam 3-4 zsemlét, és a kezébe nyomtam. Persze majd' elejtettem a felpakolt gúlát zavaromban, de amikor felnéztem rá, megint megjelent az a bizonyos derűs cinkosság a szemében.*

Utóirat: A következő hónapokban Nyurga lassan, de biztosan kezdett „kikupálódni. ". Végre színe is lett, és a kondija is határozott javulásnak indult. Egyre gyakrabban viccelődött, és már focizni is beállt a többiek közé. Az a bizonyos derű is a felszínre tört és „megvastagodott" a személyén. Mikor tudomására hoztam – szokásos vidám udvari társalgásunk egyikén – e látványosan pozitív változást, fülig érő szájjal kezdett mesélni az őt befogadó baráti anyukáról, aki nagyon-nagyon jó fej, és kedves, és jól főz, és nagyokat beszélget vele ... Azt hiszem, erre szokta a magyar népnyelv azt mondani, hogy „van Isten!"

A traumákban játszott szerepünk:
a tanúság, a meghallgató, és a képviselő bajtárs

Tisztában vagyok vele, hogy Freud óta, ha más nem is, de az „bulvár" pszichologizmussá, közhellyé vált, hogy az emberek problémái, helytelen magatartásai, sőt bűnei mögött az elszenvedett sérelmeik állnak, azok tehetők felelősökké. Ez a tétel egyrészt azért válhatott ilyen könnyen „közkinccsé", mert valóban egy fundamentális igazságra világít rá, másrészt azért, mert azonnal és szinte áttétek nélkül lehetett átminősíteni az okot felmentő körülménnyé, magyarázattá.

„Furcsa", de ez a felmentési késztetés általában nem másokkal szemben szokott megnyilvánulni, hanem többnyire magunk vonatkozásában. Mint elkötelezett önigazoló lények, azonnal megragadjuk e zseniális lehetőséget, hogy minden bűnünk „élét" elvegyük, a felelősségtől hatékonyan megszabaduljunk, és a jóvátételi „nyomást" kiiktassuk. Gyakorlatilag arra használjuk úton-útfélen a minket ért sérelmeket, hogy „leszedáljuk" a lelkiismeretünket, és így gondtalanul megmaradhassunk az eltorzult, mégis élvezhetőnek érzett életvitelünkben. Sőt hajlamosak vagyunk még erényt is kovácsolni a sérelmekre adott „jogos" bosszúinkból.

Ugyanakkor egészen másképp kezeljük mások sebeit, kínjait. Nekik nem szívesen adunk „zöld utat" hasonló helyzetekben.

Sokszor beszélgettem olyan pedagógusokkal, akik sérelmezték a diákok rossz magaviseletét, és a gyerekek „komiszságára" jogos reakcióként értelmezték a hatalomból származó megszégyenítést, megalázást. Többnyire dühös zavarodottságot mutattak, amikor megkértem őket: fordítsák meg a helyzetet és gondoljanak bele, ők hogyan viselkednének a gyerekek helyében, ha őket aláznák meg, ha esélyt sem kapnának arra, hogy kifejezhessék a szükségeiket, igényeiket, félelmeiket, fájdalmaikat. Sokszor igyekeztem az így reagáló kollégákat meggyőzni arról, hogy a gyerek nem tudatos elvetemültségből, szántszándékkal „rossz", hanem azért szétesett a figyelme, azért izgága, fegyelmezetlen, irritált és hiperérzékeny, mert bizonytalan, kétségbe-esett, mert minden erejét felemészti az érzelmi túlélés, a min-dennapi traumák elhordozása.

A traumára szeretünk úgy gondolni, mint egy ritka, speciális élményre, ami rendkívüli alkalmakkal, helyzetekkel jár együtt, és amit az emberiség többsége csak hírből ismer. Ehhez képest ha valaki végignéz a történelmen, láthatja, hogy az gyakorlati-lag traumák sorozata, jórészt olyan traumáké, amit az emberi-ség saját maga okozott magának. Úgy tűnik, nem csak egyéni-leg vagyunk hajlamosak száműzni a tudatunkból a traumákat, intenzíven működik a „kollektív hárítás" is.

Persze hiába van milliónyi terhelő adat, bizonyíték arra, hogy emberek mire képesek, ha „hatalomhoz" jutnak egy másik em-ber felett, mégis az a tendencia, hogy minél nagyobb, súlyosabb az elkövetett bűn, annál nagyobb a motiváció arra, hogy leta-gadják, eltussolják, agyonhallgassák, és minden eszközt meg-ragadjanak arra, hogy felmentsék azok okozóit. Akinél ugyanis a hatalom van, az megteheti, hogy a maga szája íze, érdeke sze-rint értelmezze a helyzetet. Ő hallathatja a hangját, míg az ál-dozatát hallgatásra kényszeríti. A kívülállók számára pedig az a legkényelmesebb, legbiztonságosabb alternatíva, ha a hangos, befolyásos félnek hisznek, őt mentik fel, őt „legitimálják". Ezzel értelemszerűen együtt jár az is, hogy a másik felet kriminali-zálják minden lehetséges módon, azaz működésbe lép az áldo-zathibáztatás mechanizmusa is. Ha beszélni próbál, akkor ha-zugnak titulálják, ha letagadhatatlan az elszenvedett sérelem, akkor azt jogos büntetésként, következményként definiálják – végső soron az egész helyzetért az áldozatot teszik felelőssé, hiszen igazából ő a bűnös! Nem kell sokáig menni ahhoz, hogy végül egyenesen igazságosnak, jogosnak, sőt jónak ítéljük az áldozat ellen elkövetett atrocitásokat. Nyilván lehet ezzel vi-tatkozni, miszerint biztos nem ártatlan az áldozat sem, ő is fe-lelős a kialakult helyzetért, és ki tudja, nem ő maga követett-e el korábban olyan szörnyűségeket, amire igenis jogos a durva büntető reakció. Ez egy nagyon is értelmes, jogos felvetés, és számos olyan helyzet van, amikor ez így is van, de akkor hogy lehet az, hogy ez a fent taglalt késztetés hatalmas erővel működik olyan helyzetekben is, amikor semmi, de semmi sem képes jogos büntetésként igazolni a traumát okozó tettét? Például egy gyermek elhagyása, összeverése, szexuális zaklatása hogyan nyerhet jóváhagyást?

Úgy, hogy jóval kisebb erőfeszítés és „mentális teher" letagadni, mint szembenézni vele és tenni ellene. Sokkal „komfortosabb és biztonságosabb" az áldozat irracionális vagy abnormális viselkedését jellembéli hibának elkönyvelni, mint trauma tünetének feltételezni. Kényelmesebb eltussolni, bagatellizálni, mint komolyan venni, és kényelmesebb büntetni, mint segíteni. Lehet, hogy most sokan bekiabálnak, hogy ez totális tévedés, hiszen a híradásokban bemutatott borzalmak, bűncselekmények esetén egy szívvel, egy hangon zúdul és háborodik fel a széles közvélemény. Nem szeretnék senkit kiábrándítani, de még ha ez vérlázítóan cinikusnak hangzik is, ezekben az esetekben leginkább arról lehet szó, hogy az emberek felhasználják a kiteregetett szörnyűségeket arra, hogy levezessék a saját kudarcaikból táplálkozó feszültségeiket, és kompenzálják a saját hiányosságaikat, torzulásaikat – azaz megint egyszer önigazoljanak. Minél hangosabban verik a mellüket, annál inkább. Elég csak beleolvasni az internetes „arctalan" fórumok hozzászólásaiba; pillanatok alatt felgerjed manapság a hangulat, fröcsögnek az indulatok, és pillanatokon belül mellékessé válik az eredeti probléma, tragédia. Mondhatjuk, hogy „alibiként" használják ezeket a híreket, hogy egy jót „szörnyülködhessenek", véres szájjal megítélhessék azt az alja népet, akik ilyen borzalmakat művelnek, aztán továbbmehessenek elégedetten, annak tudatában, hogy ők bezzeg sokkal jobb, erkölcsösebb, nemesebb, értékesebb... stb. emberek. A polarizáltság mind a véleményalkotásban, mind a kommunikációs stílusban csak erősödött. Egy új működési elv tört be a tömegkommunikációba és a politikai közbeszédbe. Fokozódó arroganciával támadva kérik számon egymáson a sok pontban ellentétes értékrendet valló csoportok a „toleranciát". A világban „trend" lett a „másság elfogadásának" agresszív megkövetelése, de érdekes módon az intenzív

„szabadságharcot" vívók elsősorban nem a „természetes" rászorulók, kiszolgáltatottak – például fogyatékkal élők, halmozottan hátrányos helyzetűek, bántalmazottak... stb. – mellett állnak ki. Igazából együttérzőnek, irgalmasnak lenni nem azokkal az embertársainkkal kihívás, akikkel sorstársak vagyunk, vagy akikkel hasonló kultúrával, világnézettel, értékrenddel bírunk. Azok, akik valóban együttéreznek az ilyen hírek áldozataival, azok általában tettre váltják az empátiájukat. Például törekednek arra, hogy a saját környezetükben, életterükben ne történhessenek ilyen dolgok, és szükség esetén készek cselekedni, hajlandók segíteni az áldozatoknak. Hiszen éppen az erkölcsi állásfoglalás szükségessége ijeszt vissza sokakat. Vannak olyan tettek, cselekedetek, amelyekkel szembesülve egyszerűen nem maradhatunk „semlegesek", közömbösek. A környezet, a potenciális tanúságtévők közönye sokszor még jobban fáj az áldozatnak, mint a bántalmazójának agressziója.

A szociálpszichológia régóta leleplezte általános önigazolási hajlamunkat, például azt, hogy mások kudarcaiért az ő személyiségük hiányosságait, jellemhibáit tesszük felelőssé, míg önmagunk esetében a körülményeket, a tőlünk független tényezőket hibáztatjuk.

„No és ha megdöglök, kit érdekel?"

Csipke rendszeresen kiverte a biztosítékot a környezetében. Fúriaként viselkedett, ha csak egyetlen rossz szót is szóltak hozzá. Rossz volt hallani, milyen gyűlölettel ejtették ki a nevét. Nehéz volt eldönteni, hogy viszolyogtak vagy inkább féltek tőle, amikor dühöngött. Sosem ütött meg senkit, de a szavaiból olyan agresszió áradt, hogy megbénította az illetőt, akire irányult. Egy csoportfoglalkozás alkalmával – amikor hajlandó volt egyáltalán megjelenni –, a fiúk nekiestek, mint akik végre fegyvert kaptak, és most leverni készülnek a sokheti sérelmet. A csitítás reménytelennek bizonyult: pillanatok alatt tűzforró székbe ültették és onnan sorozták. Csipke, mint egy harci amazon, aki egyedül áll szemben egy egész sereggel, megfeszült, és azonnali viszont-támadást indított. Üvöltötte, hogy ő nem agresszív, ő nem beszél durván senkivel. Döbbenten meredt rá mindenki – tény, hogy egy pillanatra lefegyverezte a társaságot. Kihasználva a pillanatot, rámosolyogtam, és a tőlem telhető legszelídebb hangon megkérdeztem, hogy hallja-e önmagát...

Annyira meghökkentette a hangszínem, no meg a kérdés, hogy életében először odafordult hozzám és nem tett úgy, mintha ott sem lennék. Addig üsd a vasat, míg meleg – gondoltam, és még mindig szelíden megkérdeztem, elhiszi-e nekem, hogy roppant agresszíven kommunikál, vagy inkább mutassam meg...

Meredt rám, egyszerűen nem tudott mit kezdeni a „harcmodorommal". A fiúk viszont, kihasználva a fegyverszünetet, új erőre kaptak, és kéjes élvezettel kezdték mesélni, hogy a múlt héten Csipke totális delírium tremensben végigordítozta és hányta az iskolát, ebből kifolyólag végre jó esélye van arra, hogy kirúgják patinás intézményünkből. Kétségbeesem, mert tudom, hogy Csipke epilepsziás, ezért folyamatosan gyógyszert kell szednie. Odafordulok a kivételesen összeszorított szájjal tajtékzó lányhoz, és úgy mondom neki:

– Istenem, de hiszen meg is halhatott volna az alkoholtól!

Nézünk egymás szemébe – haragra, dühre, hidegségre, megvetésre, szóval valami ilyesmi egyvelegre számítok –, helyette egy halálra rémült fuldokló néz ki a szeméből, belül szinte hallom a sikolyát. Lassan, vontatottan szólal meg: „No és ha megdöglök, kit érdekel?" Engem! – vágom rá, és nem engedem el a tekintetét – „Kérem, ne csináljon többet ilyet velem, halálra rémített!"

Mindenki zavarban van; a fiúk azt hitték, most melléjük állok, hiszen jogosak a sérelmeik, Csipke meg egyszerűen nem tud velem mit kezdeni, így leül, csendben marad. Most végre annak látszik, ami valójában: egy szeretetéhes, suta kislánynak. Kicsengetnek. Erre gyorsan feláll és kiszalad a teremből. A fiúk tátott szájjal néznek. Kihasználom a pillanatot és elmesélem nekik, mit láttam Csipke szemében. Okos gyerekek – gondolom –, nem kell jobban ragoznom, én is távozom. Szünetben tájékozódni próbálok az esetről a tanáriban. Hosszan ecsetelik, milyen botrányosan viselkedett Csipke. Mikor kettesben maradok a közvetlen főnöknőmmel – aki a hangadó kollégáim szerint erélytelen és semmi tekintélye nincs a gyerekek előtt –, sut-

togva mesélni kezdi: Csipke azon a bizonyos napon a tanítás előtt új-
fent megpróbálta felhívni telefonon az anyját az intézetből. Sikerült
is. Az anyuka közölte Csipkével, hogy hagyja már végre békén, és ne
hívogassa – mindezt nyomdafestéket nem tűrő szókészlettel. Szót-
lanul ülünk még vagy egy percet, aztán becsengetnek.

A nap végén kiderül, hogy megszületett a döntés Csipke ügyében.
Azonnali hatállyal megszüntetik a tanulói jogviszonyát. Nem szólok
semmit, de a tehetetlen harag növekedésnek indul bennem. Ezen a
vizsgán csúfosan megbuktunk!

Nem igazán tudom megemészteni iskolánk érzéketlen hárítását,
szeretném, ha legalább a gyerekek hajlandóak lennének csak egy
mákszemnyire is együttérezni Csipkével. Szerencsére a delíriumos
közjáték még nem került le a napirendjükről a következő hetekben
sem. Nyugodtan kérdezősködhetek a részletek felől. Nem telik bele
sok idő, Morcos elkottyantja, hogy azért nem volt olyan vészes a
dolog, mert Mami egy percre sem hagyta magára Csipkét, végig a
sarkában volt, nehogy elessen és megüsse magát. Az akció után pe-
dig kért a takarító nénitől vödröt, rongyot, és alaposan felmosta
az összehányt folyosót, a mosdót... Ezen a ponton mindenki el-
hallgat – nem kell mondanom semmit, látják rajtam, mennyire, de
mennyire büszke vagyok Mamira. (Közbe kell vetnem, hogy Mami
egy olyan tizenhat éves leányzó, aki otthon ellátja az egész ház-
tartást, végtelen szeretettel gondozza négy kis testvérét, és csen-
desen tűri, hogy semmittevő, alkoholista apja mindezért hálából
naphosszat gyalázza...) Azért még rákérdezek, Csipke hogy rea-
gált minderre. Hosszú csend. Végül Morcos megköszörüli a torkát
és válaszol: „Mikor kimondta valaki előtte Mami nevét, teljesen
kész lett, és azt kiabálta, hogy senki ne merjen rá egyetlen rossz
szót se szólni, mert ha kell, ő tűzbe megy Mamiért." Ennyi. Vagy
mégsem? Az élet nem várt lehetőséggel ajándékoz meg pár hónap
múlva. A Biblia Éve okán felkér az igazgató, hogy tartsak egy féló-
rás (!?) előadást a tagozatban a Szentírásról.

– Ha nem gond – teszi hozzá a főnöknőm –, a tantestület is részt
venne az előadáson. Őszintén mondom, nem készülök „revansra", de
a mondókám végén valami konkrét, itt és most megérthető, megél-

hető példát várnak tőlem. Morcosra pillantok, és akkor felkapcsolják a villanyt az agyamban.

– Emlékeztek arra az esetre, amikor...?

A gyerekek kuncogni kezdenek, kollégáim érezhetően megrökönyödnek – el nem tudják képzelni, hogy ez a botrányos esemény hogyan kapcsolódhat a „fennkölt erkölcsiséghez". Veszek egy nagy levegőt, a gyerekek tekintetét keresem, úgy mondom el, hogy amikor Csipke oly viszolyogtatóan viselkedett, akkor nem az viszonyult hozzá „krisztusi" módon, aki felháborodott, aki megvetette, aki kinevette és aki kirúgta, hanem az, aki gondját viselte, vigyázott rá, felelősséget vállalt érte. Az, aki nem ítélkezett felette, nem büntetni akarta, hanem segíteni neki... azaz Mami.

A kuncogás elhal, Morcosnak majdnem könnyes a szeme, Tücsök tekintetében mély fájdalom tükröződik – ha valaki tudja, miről beszélek, az ő, aki mellett már sétáltak el megvető pillantásokkal járókelők, mikor véresen feküdt az utca közepén, három szkinhed fiatal által összerugdosva –, a többiek arcáról sugárzik a szégyenkezés – az a fajta, amitől kiég belőlünk a rossz. A „másik oldal" – a tanári kar – úgyszólván ledermed, üveges szemmel merednek maguk elé. Mintha Jézus éppen előttük írna a földre...

Ha a traumáról beszélünk, érdemes tisztáznunk, milyen kegyetlen a dinamikája, milyen borzalmas spirált képes létrehozni az emberek sorsában. A traumák következményeként többnyire olyan viselkedési zavarok, torzulások jönnek létre, amelyek nemhogy nem együttérzést és támogatásra való késztetést ébresztenek a kívülállókban, hanem éppen az ellenkezőjét: türelmetlenséget, irritációt, bizalmatlanságot, sok esetben taszítást, viszolygást. Mivel ilyen reakciókat vált ki, ezért szinte törvényszerűen ismétlődik meg a trauma valamilyen formában. Sokszor a traumát megélő ember önmaga is generálja egyfajta kényszerneurotikus módon azt, hogy újra és újra bántalmazzák, megalázzák, elutasítsák. (Ahogy például Kölyök tette ezt a környezetével.) Nyilván ebben benne van az a mélyről jövő önvédelmi csavar, hogy ezeket az ismétlődő bántásokat legalább ő irányítja, provokálja, azaz mégiscsak rendelkezik hatalommal a sorsa felett. Ez a mechanizmus olyan erős, hogy nagyon sokszor képes csapdába csalni még a jó szándékú kívülállót is, aki eredetileg támogató, segítő igyekezett lenni. Meggyőződésem, hogy a pedagógusok jó része nem direkt, megfontoltan és tudatosan válik indulatossá, elutasítóvá, negatívvá a deviáns gyerekekkel szemben. Rendkívül nehéz empátiát tanúsítani olyan valaki iránt, aki hajlamos elviselhetetlen, kezelhetetlen magatartást tanúsítani!

Így megesik, hogy tehetetlen bábuvá válunk a traumatúlélők játszmáiban, és szándékunk ellenére leszünk bántalmazók magunk is a drámában.

Minden ilyen esetben viszont egy-egy újabb strigulát jelentünk magunk is a statisztikájában, amivel öntudatlanul igazolni próbálja, hogy a világ valóban borzalmas hely, ahol újra és újra bántani fogják. Ugyanakkor ezzel az akcióval mégis úgy érezheti, legalább befolyása van erre a drámára, sőt irányíthatja, uralhatja azt! A legszomorúbb az, hogy ez az ördögi spirál egyfajta önmagát beteljesítő jóslatként a trauma áldozatát szinte ténylegesen olyan „bűnössé" teszi a mások szemei előtt is, ahogy az illető önmagát látja. Nem lehet elégszer hangsúlyozni, hogy a bántalmazás, a test-lelki erőszak sok esetben szinte törvényszerűen elülteti az áldozatban a bűntudatot, a mélységes szégyent, az önmegvetést, azaz azt a kínzó érzést, hogy ő az oka a borzalmas bánásmódnak, ő „érdemelte" ki azt. A külső „szemlélő" világnak is sokkal könnyebb az áldozatot hibáztatni, mint felvállalni az erkölcsi kiállást, konfrontációt, sőt küzdelmet az áldozatot bántó személyekkel szemben. Ha elhiszem, hogy velem van a baj, én működöm rosszul, éppen ezért jogos a személyemet érő elutasítás, megvetés, bántás, akkor ez a torz „énhiedelem" rákos sejtként kezd osztódni a lelkemben, hogy a „képére" formálja valóságosan is azt.

„Imádom mások vérét szívni!"

Vadóc valóságos terroristaként, sőt már-már zsarnokként üzemelt műintézményünkben. Borzasztóan büszke lett volna rá, ha a tudomására hozzuk, hogy az iskola történetének legelvetemültebb tanu-

lójaként definiálta a tanári kar. (Valószínűleg Kölyök is féltékeny lett volna rá, ha egy időben koptatták volna nálunk a padokat…)

Különös, szinte perverz élvezetet talált abban, hogy a „mások vérét szívja". (A megfogalmazás copy right Vadóc.) Nem bosszantani akart, dehogyis, ő bénítani, leforrázni, porig alázni szeretett volna mindenkit, aki az útjába került, nagyjából válogatás nélkül. A problémát az jelentette, hogy nemcsak próbálkozott ezzel, hanem rendszerint véghez is vitte, maradéktalanul és mesteri szinten. Amikor egyik kényszertalálkozónkon (az egyetlen diák volt, aki számára kötelezővé tették a tanácsadáson való részvételt – no nem büntetésből, hanem azért, hogy addig se a kollégáknak kelljen kínlódniuk vele), vigyorogva megkérdezte, hogy miért tiltják ki immáron harmadjára egy hétre a suliból, amikor a vak is látja, hogy ez nemhogy nem büntetés, hanem egyenesen extra holiday, akkor nagyot sóhajtottam és kiböktem: senki sem számít pozitív változásra a részéről, mindössze arról van szó, hogy az összes többi embernek van szüksége egy kis fegyverszünetre.

Ez annyira tetszett neki, hogy még nagylelkűen áldását is adta rá.

Mivel kötelező és rendszeres „jelenése" volt Vadócnak nálam, volt alkalmunk rá, hogy mélyebbre menjünk az életébe, személyébe. Szinte minden héten kellett valami aktuális krízist kezelnünk, de jutott időnk arra is, hogy egy hosszú, alapos narratívát készítsünk együtt Vadóc „előtörténetéről". Habár az imázsát megtartandó eleinte zaftos káromkodások kíséretében érkezett hozzám a tanácsadóba, amint az ajtó belső oldalára került, máris olyanná vált, mint egy kisfiú, aki a cukrászdába kapott meghívást és már azt is tudja, hogy kikészítették a kedvenc sütijét habos kakaóval. Vadóc lubickolt a figyelmemben, leplezetlenül élvezte, hogy van valaki, akinek az a dolga, hogy vele foglalkozzon.

Nem merném állítani, hogy rögtön fogást találtam a srácon – elképesztő szinten volt képes szócsatákat vívni, olyan logika, éleslátás volt benne, hogy azonnal rájött, ha valaki sumákolni próbált. Ahhoz volt a legnagyobb tehetsége, hogy meglássa a másik gyengéjét, bűnét, és azt egyetlen jól irányzott mondattal a másik arcába tolja. Rá kellett jönnöm, hogy nincs más választásom: ha azt akarom, hogy komolyan vegyen, nekem is ezt kell csinálnom. Így aztán szokásommá vált, hogy „férfiasan" a szeme közé nézzek, és a „fejére olvassam" aktuális vétkeit. Ezzel persze csak elkezdődött a viadal, innentől arra kellett törekednem, hogy visszaverjem, blokkoljam a kitérési, elterelési manővereit. Ez így önmagában persze csak egy végtelenített párbajt eredményezett volna. Én ezzel szemben azzal leptem meg Vadócot, hogy minden pillanatban jeleztem, valójában az ő oldalán állok, és egy percig sem gondolom, hogy ő tényleg az a rossz, agresszív gyerek lenne, aminek a tettei alapján látszik. Amint erre ráérzett, kezdte el azt a bizonyos lubickolást. Először a gesztusai, a mozdulatai változtak meg. A szájából persze még csak úgy áradt megállíthatatlanul a „kúl" szöveg, miközben a teste úgy viselkedett, ahogy egy 5-6 éves, hiperaktív kisgyereké. Emlékszem, amikor ezzel először szembesültem, egy órán át csak kukán bámultam a „színjátékot". Vadóc magabiztos, kemény fickót „vetített" a világ számára, ezzel szemben egy szeretetéhes, zavarodott kisfiú pislogott rám. Meglepő volt, de nem húzta be a kéziféket, sőt úgy tűnt, megkönnyebbült, hogy valahol végre elengedheti magát. Innentől egy sajátos koreográfia szerint kezdtünk „dolgozni". Vadóc továbbra is előadta a külvilágnak, mennyire rühelli, hogy meg kell jelennie nálam, majd amikor ajtón belülre került, akkor csillogó szemmel és széles mosollyal érdeklődött a hogylétem felől. Mivel minden hétre akadt bőven botrány, konfliktus és válság Vadóc jóvoltából, ezért sosem unatkoztunk, akadt elég akut krízis, amit elemeznünk, kezelnünk kellett. Hamar kiderült, hogy Vadóc tisztában van a talentumával, és kétséget kizáróan tudatosan kamatoztatja másokkal szemben. Az volt az alapállása, hogy próbálja meg megvédeni mindenki magát, ha pedig nem megy, akkor úgyis reménytelen lúzer az illető, és úgy kell neki! Ebben végül is volt logika, sőt még némi sportszerűség is. Mégis rést kellett találnom rajta. Rájöttem, hogy az egyetlen esélyem, ha én magam leszek számára olyan kihívás, pontosabban partner, aki állja a sarat, miközben nem kevésbé karcos és provokatív, mint ő. Becsületére legyen mondva, hogy értékelte a stratégiámat. Gyakorlatilag ebből a kettős hadviselésből állt a vele való munka: egyrészről elfogadás és figyelem, másrészt nyílt konfrontáció. Idővel tisztelni kezdte, hogy minden balhéja után megjelenek és békésen, de határozottan a szemébe mondom, hogy mit követett el. Ez persze önmagában még sem-

mit sem ért volna, hiszen tökéletesen tisztában volt azzal, hogy mit csinált. A keményebb az volt, hogy minden alkalommal minősítettem is a cselekedeteit! Talán ez értelmetlenségnek tűnik, de valami folytán olyan az ember, hogy még ha tudja is, hogy éppen rosszindulatból, gonoszságból követett el valamit, akkor is nehezen viseli, ha ezt valaki más mondja ki, pláne egyenesen a szemébe. Vadóc esetében nem az volt az érzékeny pont, hogy negatívnak értékeltem a cselekedeteit – ez még igazából csupán dacos kéjjel töltötte volna el. Az ő „Achilles-sarka" a középszerűség volt. Mint egy igazi karizmával bíró személyiség, nagyon nehezen tűrte, ha gyávának, „kispolgárnak", kisstílűnek jellemezték az akcióit. Én pedig következetesen azt képviseltem, hogy gyengébbeket bántani, megalázni minden, csak nem hősies, férfias megnyilvánulás, továbbá rossznak lenni sokkal könnyebb és gyávább dolog, mint jónak lenni. Először természetesen hülyének nézett és kiröhögött, később rezignáltan szkeptikus lett, utóbb félni kezdett attól, hogy mikor fogom újra a „fejére olvasni" ezt a furcsa életfilozófiát. Ebben a stádiumban már mindketten tudtuk, hogy Vadóc a szíve mélyén hős szeretne lenni és nem terrorista, és az igazi ellenség, aki ellen küzdenie kell, az nem kívülről támad. Közel egy évig mégsem beszéltünk arról, ami valójában belülről gyötörte. Mint mindig, most is kötéltáncosnak éreztem magam, és nap mint nap mérlegelgettem, vajon most jött-e el a pillanat, amikor felnyithatjuk a sebet és nekiláthatunk a kitisztításának. Persze az idő nekem dolgozott, mivel párhuzamosan a Vadóccal folytatott beszélgetésekkel, igyekeztem hatékony háttérkutatást folytatni. Amikor az egyik botrányt okozó akciója miatt volt szerencsém a szüleit (örökbefogadó szülők) megismerni, úgy éreztem, ilyen anyuka mellett én magam is lázadó, dühöngő ifjú lennék. (Tapasztalt pszichiáterünk – miután egy órát társalgott Vadóc mamájával – feldúltan kopogott be hozzám és kijelentette, hogy bár még nem találkozott a gyerekkel, de minden együttérzése az övé, akármilyen megátalkodott...)

A nyomozómunka eredményeként tehát egy olyan sorskép rajzolódott ki, amely szerint Vadócot nem akarták a vér szerinti szülei, de amilyen szörnyű gyermek, szegény örökbefogadó szülei számára is csak bánatot okozott, pedig az anyuka valóságos mártírként küzd érte. Ez a küzdelem természetesen nagy százalékban „show-biz-

nisz" volt, és jobbára abból állt, hogy most akkor vállaljuk-e tovább ezt a megveszekedett kamaszt, vagy visszaadjuk az államnak. Nem hiszem, hogy ragozni kellene, hogyan érezheti magát az a gyerek, akinek naponta elprédikálják, hogy olyan szívtelen anyaszomorító, hogy minden áldozatot meghozó szülei szíve majd' megszakad miatta, és kétségbeesésükben már azt fontolgatják, hogy lemondanak róla, mielőtt sírba vinné őket.

Miután Vadócot beidézték a pszichiáterünkhöz, akit annak rendje és módja szerint el is küldött melegebb égtájakra, hivatalosan is én lettem kijelölve és teljes körűen felhatalmazva a vele való megbirkózásra. Mikor szembesültem ezzel, felhagytam azon törekvésemmel, hogy egy minden tekintetben harcedzett férfi pszichológust kerítsek akár a föld alól is a fiatalember számára. Szerencsémre pont jött egy hosszabb tanítás nélküli szünet, így lélekben felkészülhettem az előttünk álló operációra.

A vakáció utáni első találkozásunkkor közöltem vele, hogy van rá mód, hogy megszabaduljon attól, ami folyamatosan arra ingerli, hogy másokat hergeljen, kínozzon. Meglepetten meredt rám, én meg gyorsan hozzátettem, hogy a művelet nem mondható sem kellemesnek, sem fájdalommentesnek, viszont némileg vigasztalja, hogy nem lesz egyedül, mellette leszek. Egy pillanatra elsötétült a tekintete, de gyorsan összeszedte magát, nehogy gyáván megfutamodónak tartsam, és közölte: vágjunk bele!

Nagy levegőt vettem, majd nekiszegeztem a kérdést: mit érez a valódi, vér szerinti szülei iránt?

Vadóc minden porcikája megfeszült, láthatóan teljesen váratlanul érte a kérdésem. Reszketni kezdett, és háromszor egymás után megkérdezte, hogy biztosan kimondhatja-e. Álltam a tekintetét, és bólintottam. Tudtam, hogy nem miattam, és nem nekem nehéz kimondania a választ. Egy pillanatra sem engedtem el a tekintetét; azt akartam, hogy kétség nélkül tudja, vele vagyok és kibírom, bármit is mond.

– Gyűlölöm őket! Meg tudnám ölni őket, hogy tehették ezt velem?! – szakadt ki belőle, és a tekintete megtelt sötét, reménytelen daccal.

Na, most akkor már te is meggyőződhettél róla, hogy milyen gonosz és utálatra méltó vagyok! – olvastam ki a szeméből.

– Teljesen jogos, hogy így érez – formáltam nagyon lassan és gondosan a szavakat. Vadóc erre végképp nem számított: úgy bámult rám, mint amikor egy sakknagymesternek mattot ad egy kezdő amatőr játékos.

– A gond az, hogy ez a jogos harag úgy megmérgezte, hogy miatta gyűlöli az egész világot, beleértve saját magát is!

Vadóc szemében a döbbenet mellett, hihetetlen, de egyfajta áhítat jelenik meg.

– A helyzet az, hogy erre van megoldás, meg lehet szabadulni ettől a gyűlölettől! – folytatom. Na, erre visszatér a szkepszis, keserűen csóválja a fejét. Még nem tudja, hogy most fogom csak beadni a mattot igazán.

– Látom, nem hisz nekem. Vadóc, a megoldás az, hogy megbocsát nekik!

Szavaim hatása messze felülmúlják az elképzeléseimet. Vadóc elsápad, ilyen megviseltnek még sosem láttam. Olyan, mintha nem tudná eldönteni, dühödten őrjöngjön, vagy inkább – félretéve minden „méltóságát" – sírni kezdjen.

– Fájni kezdett a fejem nagyon, muszáj kimennem most azonnal – mondja végül, és szinte könyörögve néz rám.

– Menjen csak, mára ez éppen elég volt – felelem, mire felpattan és kiviharzik a tanácsadóból.

Lassan én is kifújom a levegőt – csak remélni tudom, Vadóc képes megemészteni a mai találkozásunkat, és folytathatjuk a műtétet...

Ez a legkockázatosabb része a szelídítésnek. Nekem évekig tartott, amíg szembesültem azzal, hogy a teljes elfogadás, az együttérzés önmagában nem elég. Amikor olyan dolgok kínoznak, vadítanak el egy embert, amivel módfelett fájdalmas szembenézni, akkor a puszta empátia ritkán képes megadni az elégséges lökést, erőt hozzá. Márpedig a személyiség egészét torzító és megkötöző dolgok olyanok, amiktől félünk, sőt rettegünk, olyanok, amiket mélységesen szégyellünk, amelyek hajlamosak megbénítani minket, legfőképpen az énerőnket, az önértékelésünket. Ezek a dolgok legtöbbször az ellenünk elkövetett és az általunk elkövetett bűnök.

Hogyan magyarázzuk meg a többieknek, hogy valaki – például Vadóc – azért vált már a kezdetektől ilyen tüskéssé és destruktívvá, mert a kezdetektől találkoznia kellett a brutális elutasítással? Nem azért rúg és harap, mert a velejéig gonosz, erőszakos, hanem azért, mert akár már a foganásakor életveszélyes fenyegetés érte: azok törtek az életére és személyére, akiknek óvni, gondozni, szeretni kellett volna azt. Ilyenkor már csírájában osztódásnak indul az a „rákos" sejt, és szelídítés nélkül alig marad esély és erő a gyógyulásra, az eredeti, egészséges sejtnövekedésre.

Ahhoz azonban, hogy hozzáférjünk a sebzett részhez, hogy lehetőség legyen a mindent elfojtó és megrontó „daganat" eltávolítására, általában nem elegendőek a gyöngéd gyógymódok, van, hogy éles szikére, fájdalmas kezelésre van szükség...

Az éles reflektor – a jó konfrontáció –, azok a bizonyos „barátságos sebek"

Vadóc ezen a téren is nagy próbatételt jelentett. Ahogy már az előzőekben is jeleztem, szuggesztív, karizmatikus személyét az erőteljes, nyers provokációval lehetett kibillenteni a jól megszokott és bevált „játszmáiból". Egyszerűen a saját fegyverével kellett kiállni vele szemben, illetve érte. Mert a lényegi különbség kettőnk közt az volt, hogy ő legyőzni, ledominálni, megsebezni akarta a másikat azzal, hogy a szeme közé vágta arrogánsan annak gyengeségét, hibáját, bűnét, szégyellnivalóját. Úgy és azért tette, hogy a másik megsemmisüljön, értéktelennek, megvetnivalónak érezze magát (legalább annyira, ahogy ő...). Ezzel szemben én minden „csörte" alkalmával arra törekedtem, hogy kétsége se legyen afelől, hogy ő értékes, tiszteletre és szeretetre méltó, a cselekedetei viszont – ellentétben ezzel – viszszataszítóak, rosszindulatról, rossz jellemről tanúskodnak. Érdekes mód a dologban a kritika, a „reflektor" morális tartalma, minősége volt a döntő mindig. Azok, akik bántanak – megfigyeltem –, minden létező módon alá akarják ásni a másik önértékelését, de ezt a másik értékességének, szerethetőségének tagadásával, a másik nevetségessé, kicsinnyé tételével igyekeznek elérni, nem feltétlen a másik valódi erkölcsi minősítésével.

Természetesen naivitás lenne azt hinni, hogy velejéig romlott emberek nem hajlamosak arra, hogy ájtatosan a másik szemére vessék annak morális vétkeit, álszent erkölcsi magaslatokból. Az indulatból, gyűlöletből, rágalmazásból való vádolásnak viszont sosem lehet olyan hatása, mint amikor tisztelettel, együttérzéssel mondjuk meg embertársunknak, hogy nem volt a tette helyénvaló.

Mondhatni klasszikus tanítás, hogy nem célravezető a „címkézés", hiszen egy korrekt tanácsadó nem minősíthet, ráadásul a közvetlen kritika általában védekező mechanizmusokat indít be a másik emberben. A gond csupán az, hogy a „semleges" dolgok nem okoznak szenvedést, kudarcot, traumát senkinek.

Vagyis értéksemleges helyzetek, események, cselekedetek miatt senki sem szorul sem tanácsra, sem segítségre, sem terápiára. A feltétlen elfogadás nem jelenti azt, hogy nincsen kimondva a jóról, hogy jó, a rosszról pedig az, hogy rossz.

Bevállalom azt is, hogy nem osztom azt az értékrendet, ami – szerintem ez önmagában ellentmondás és paradoxon – az értékrelativizmust vallja. Természetesen jogos az a felvetés, hogy a segítő (a szelídítő) nem bíró, nem lelkész, nincsen „felszentelve" arra, hogy ítélkezzen, prédikáljon. Így is van. Ugyanakkor a világon a leghatékonyabb felebaráti segítség, ha a másik ember maximális elfogadása együtt jár a fekete-fehér igazságok, értékek szemtől-szembe való kimondásával.

Eleinte Vadóc sem tudott ezzel a „furcsa kombinációval" mit kezdeni, egyszerűen erre a stratégiára nem volt „hadi taktikája". Az látszott rajta, hogy nyilván nem tudom, kivel állok szemben, és nem fogom fel, hogy ő mennyire veszélyes. Meglepően sokáig tarthatott, amíg kifürkészte az én gyenge pontjaimat, mert csak féléves „terápia" után provokált be az egyik délután azzal, hogy vészjósló mosollyal közölte: engem is ki tudna készíteni. A vesémig hatolónak szánt tekintet valóban eszembe juttatta a saját valódi tökéletlenségeimet. Na, ez a pont volt az, amikor belém hasított a felismerés, hogy ez a szelídítő módszer csak úgy lehet hiteles, ha mint Cyrano, legelsőként a szelídítő önmagát veszi kíméletlenül górcső alá. Ahogy Vadóccal farkasszemet néztem, az is egyértelművé vált, hogy nemcsak megkerülhetetlen az, hogy első körben szembenézzek a saját hibáimmal, jellemgyengeségeimmel, de bizony mindezt „férfiasan" fel is kell vállalnom – ha kell, kifelé, a másik felé is! Mondhatnám úgy is, hogy ha mondjuk Vadóc szeméből ki szeretném piszkálni azokat a szörnyű szálkákat, akkor a saját gerendáimmal kell kezdenem.

Ezt a bennem lezajlódott folyamatot és döntést nagy valószínűséggel észlelte, mert meghökkent, tőle abszolút szokatlan tisztelettel hátralépett, és közölte, hogy tévedett – nem tudna kikészíteni. Én erre mondjuk nem kötöttem volna fogadást, de újfent megbizonyosodtam róla, hogy hitelesen morális állításokat tenni és képviselni kétféleképpen lehet. Az állítást tevőnek vagy tökéletesnek, morálisan maximálisan feddhetetlennek kell lennie – ez a megvalósíthatatlan verzió szerintem –, vagy tisztában kell lennie a tökéletes morális értékrenddel, és egyúttal tisztában kell lennie önnön tökéletlenségeivel, mindazzal a hiányossággal, amivel ő maga rendelkezik ehhez képest. Szerencsés voltam, mert jelen esetben elégséges volt ezt „csupán" magamnak beismernem.

Röviden szólva, az, aki reflektorral rá akar világítani a másikra, annak először magára kell fordítani a kíméletlen fénycsóvát, akkor is, ha égeti a szemét és a legkevésbé sem nyújt hízelgő képet róla. Ez egyrészt záloga annak, hogy hiteles lehessen az ember, másrészt bizalmat ad a másiknak arra, hogy ha tisztában van a szelídítő a saját vadhajtásaival, akkor valószínűleg el tudja majd fogadni és viselni azt is, hogy a másik is tökéletlen. Ugyanakkor ez a fajta „nyers" őszinteség magunkkal szemben messze nem perfekcionista színezetű. A lényeg veszik el, ha csak azt tudjuk közvetíteni, hogy mivel magammal szemben is hajlandó vagyok kíméletlen lenni, ezért jogosan vagyok veled szemben is az. Mindez csak akkor képes megélni és jó módon működni, ha jelen van benne az önmagam szerető elfogadása, értékelése is. Gondoljunk bele; mi tud nagyobb stabilitást és vonzó példát mutatni, mint az, ha valaki úgy képes szeretni önmagát, hogy közben nem veszíti a szeme elől a gyengeségeit, tökéletlenségeit. Hogy higgyem el, hogy valaki a hibáim, torzulásaim ellenére is elfogad és értékesnek tart, ha az illető magával szemben sem képes erre az „alapállásra"?!

S bár igen, valószínűleg mindig is zavarba ejtőnek fogjuk érezni, mégis felülmúlhatatlan ez a kombináció: tisztelet és elfogadás, együtt a nyílt, konfrontatív kritikával.

Mivel Vadóc karizmával bíró, erőteljes személyiség volt, azt tapasztaltam, hogy egyedül ez a „stratégia" volt képes arra, hogy a már jól bevált, rutinos hárító technikáit, játszmáit áttörje és hatástalanítsa.

Persze ahogy a reflektorlámpák is rendelkeznek fényerősség tekintetében fokozatokkal, a szembesítés is. Vadóc esetében egy fél év után egyértelművé vált, hogy kevés az, ha négyszemközt „kényszerül" csak arra, hogy szembenézzen a viselt dolgaival, és csak nekem/velem kell beszélnie tetteinek okairól, minőségéről. Nem ritka, hogy az ember beleesik abba az általános „skizofréniába", ami miatt különböző személyiségképeket, viselkedésmodelleket használunk különböző helyzetekben anélkül, hogy ezekkel az egymással adott esetben ellentétes „működésmódokkal" bárminemű lelkiismereti vagy kognitív problémánk lenne. Vadócnak idővel túlzott biztonságot és sajnos egyfajta felmentést adott az, hogy úgyis csak nekem „tartozik" belátással, miközben mások előtt zavartalanul folytathatja a játékait és fényezheti tovább az „imázsát". Kicsit úgy kezdett viszonyulni a szituációhoz, mint sokan a gyónás intézményéhez, azaz egyszerűen „szemétlerakó" helyként kezelte a „gyóntatószéket", ahol a jótékony diszkréció csak asszisztál ahhoz, hogy ő újra és újra következménymentesen elkövethesse ugyanazokat a galádságokat.

A terápiás diszkréció nem lesz hatékony, ha felelősségmentes védőburokként veszi körül az embert. Van, amikor a reflektornak közönség – pontosabban tanúk – előtt kell az egyén „szemébe világítania". Valójában rendkívül igazságos, logikus feltételezni azt, hogy azon a platformon szükséges előbb-utóbb szembesülni és felelősséget vállalni, amelyben a destruktív, mások személyére, életére negatívan ható tettek el lettek követve.

Úgyis mondhatnánk, hogy abban a szférában van létjogosultsága a jóvátételnek, helyreállításnak, ahol a destruktív tettek hatottak! (Ezért van hatalmas jelentősége annak például, hogy az egész társadalmat érintő bűnök az egész társadalom előtt legyenek megítélve, és a helyreállítás is az érintett közösség egészének szintjén történjen meg!)

„Meghálálom..."

Igazgatónőnk egy délután félrevont és négyszemközt közölte: rendszeres programjává vált, hogy irodájába fogadja azokat a tanulókat, akik szégyenkezve és kétségbeesve segítséget kérnek tőle. A gyerekek problémájának, frusztrációjának oka pedig Vadóc – kivétel nélkül. És ha ez nem volna elég, már a szülők is megtalálták, és többen közülük egyenesen követelik Vadóc megzabolázását vagy azonnali kirúgását. A tanári kar nem jutott eleddig dűlőre, a kollégák fele boldogan eltávolítaná Vadócot jeles tanodánkból, akik pedig hezitálnak, azok sem tudnak épkézláb ötletet felmutatni a megfékezésére. (Zárójelben jegyzem meg, hogy Vadócot elégedetté, sőt egyenesen boldoggá tette, hogy ennyi fejtörést okoz, hogy külön értekezleteket hívnak össze miatta.)

– Mi lenne, ha egyszerűen lelepleznénk Vadóc játszmáit ország-világ előtt, azaz az egész tagozat előtt? Összehívnád az egész díszes társaságot, és „elmesélnéd" nekik, hogy egész pontosan miként is működik Vadóc, hogyan manipulál. Egyúttal a leleplezés mellé adhatnál egy kezelési útmutatót is, hogyan kell ezeket a játszmákat hatástalanítani, blokkolni!

Főnöknőm egy pillanatig döbbenten hallgatott, majd felcsillant a szeme. Tudtam, hogy megvette az ötletet. Szerencsére nemcsak vállalkozó kedvű hölgyként ismertük, de rendkívüli drámai érzékkel és retorikai képességekkel is meg volt áldva. Innentől már olajozottan ment a „támadás" stratégiai tervének kidolgozása. Főnökasszony összehívja a tagozatot rajtaütésszerűen, majd elmondja szókratészi leleplező beszédét. Mivel nagy az esély rá, hogy Vadóc – mint egy sarokba szorított vadkan – ki fog akadni és hisztizni kezd, ezért én a szomszéd tanteremben (lesben) állok, és kiviszem lenyugtatni a kritikus pillanatban.

De még mielőtt erre sor kerülne, tudatjuk mindenkivel, hogy Vadóc sorsa feletti döntés az ő kezükben van.

A terv megvalósítását nem húztuk sokáig.

A hatás felülmúlta minden elképzelésünket. A gyerekek pisszenés nélkül hallgatták végig igazgatónőnket. A beszéd – láthatóan – „gyomron vágta" a hallgatóságot, majd azzal a lendülettel fel is szabadította. A megkönnyebbülés atmoszférája kiáradt. Vadóc talán életében először érezhette azt, hogy abszolút mattot kapott. Mintegy a társaság ellenpólusaként lett egyre feszültebb, dühösebb. Mikor a „lesből" láttam, hogy „válságos" az állapota, gyorsan kirángattam a tanácsadóba. Fel s alá rohangált, csapkodott, dühöngött, alig bírta visszafojtani a sírást. Én csak vártam csendben állva. Úgy egyperces tajtékzás után megtorpant, rám meredt, és kétségbeesetten várta a reakciómat. Kihasználva a pillanatot lassan, nyomatékosan közöltem vele, hogy amit ma kapott, az egyenes és elkerülhetetlen következménye annak, amit eleddig művelt. Olyan kifejezés jelent meg erre az arcán, mintha a legérzékenyebb testrészét találtam volna el egy jól irányzott rúgással. Egy másodpercig magam is visszafojtottam a lélegzetet, nem tudva, vajon árulónak fog-e tartani, netalántán rám zúdítja minden haragját. Vadóc viszont szinte átmenet nélkül megadta magát, és meghökkentően kisimult az egész lénye. Az a furcsa érzésem támadt, valójában ő is megkönnyebbült, hogy végre le lett leplezve. Nem sok időnk maradt e fordulat elemezgetésére egyikünknek sem, mert bekiabáltak az ajtón, hogy várnak minket bent a nagyteremben. Amikor beléptünk a terembe, minden szem Vadócra szegeződött. Szokatlan nyugalom és erő áramlott a gyerekekből. Az igazgató asszony jelentőségteljesen Vadóc felé fordult, majd már-már patetikus szcenikával közölte vele a tagozat „ítéletét": az anonim szavazáson a gyerekek nyolcvan százaléka szavazott amellett, hogy kapjon még egy utolsó esélyt.

Elöntött az öröm, a diadal érzése. Körbenéztem a teremben, és csupa csillogó szemet láttam. Többen elmosolyodtak, és egyértelműen látszott mennyire tudják, hogy végtelenül büszke vagyok rájuk. Vadóc az egyik lábáról a másikra billegett, mint egy szégyenlős kiskölyök, s amikor végre levegőt tudott venni, olyan szó hagyta el a száját, amit mindannyian esküdni mertünk volna, hogy nem is ismer: „Meghálálom..."

Az éles reflektort, az éles konfrontációt sokszor szinte „kiprovokálják" a játszmáik által már valósággal gúzsba kötött emberek. Ha megfigyeljük a konfliktusgerjesztők által hozott dinamikát, lehetetlen nem észrevenni, hogy egyre vakmerőbben, kockáztatóbban képesek feszegetni a másik ember tűrőképességének határait. E mögött általában nemcsak a feszültségkeltés „kéjes" dominanciája van jelen, hanem egy félig öntudatlan, kétségbeesett törekvés is arra, hogy valaki végre támadjon neki, álljon ellene ennek az egésznek. Az elhanyagolt, lehárított gyerekek kényszeres „rosszalkodásában" ez az összetevő mindig felfedezhető. Ha nincsen erőteljes reakció, ha a konfrontáció helyett elkerüléssel reagálnak rá, akkor egyre dühödtebben viselkednek, überelni próbálják a devianciában még önmagukat is. Vadóc és Kölyök „klasszikus" példaként borzolták környezetük idegrendszerét a fenti mechanizmusnak megfelelően. És persze a bensőségesebb, éppen ezért sebezhetőbb kapcsolatokban érezték a legkényszerítőbb késztetést arra, hogy túlfeszítsék a húrt.

Bár Vadóc az utolsó pillanatban mindig visszalépett a velem való kapcsolat ily' módon történő „megpróbálásától", Kölyök egy alkalommal valami máig tisztázatlan ok miatt minden előzetes figyelmeztetés nélkül „hadat" üzent. A nyílt és durván övön aluli támadás azonban váratlan fordulatot vett, és a kétszemélyes drámába belépő Kő „hős" szerepkörben katartikus megoldást produkált.

„Folytathatja, tanárnő!"

Fel voltam dobva, mert kaptam egy egész órablokkot, és végre volt alkalmam összekötni a szálakat, a művészetismeret órát kombinálhattuk az önismerettel, csapatépítéssel. Az is biztatónak tűnt, hogy végre minimalizálódott a hiányzók száma, valami csodával határos okból senki sem aludt el és nem talált vonzóbb programalternatívát erre a péntek délutánra.

Hosszas fejtörés után rátaláltam az ideális témára is – a könnyűzene története napjainkig –, így száz szónak is egy a vége, úgy éreztem, ez a nap minden tekintetben sikeres és derűs lesz. Várakozásaimat igazolni látszott, hogy egyértelmű lelkesedés fogadta a témafelvetést, és még egy kiváló tanársegédem is akadt Doki személyében, aki a retró híve volt, komoly CD-gyűjteménnyel és impozáns lexikális tudással felfegyverkezve. Feltételezésem szerint Kölyköt egyszerűen irritálni kezdte ez az osztatlan érdeklődés a „tananyag" iránt, illetve Doki középpontba kerülése. (Doki normális körülmé-

nyek között csendes, visszahúzódó fiú volt, mifelénk ritkaságnak számító intellektuális érzékenységgel és költői vénával megáldva.)

Így aztán Kölyök a bosszantó harmóniát szétzúzandó, magánakcióba lendült és egyre agresszívebben igyekezett bezavarni párhuzamos kommunikációjával. Mivel a társaság egyébként sem rendelkezett magas szintű koncentrációs képességgel, néhány percen belül eljutottunk oda, hogy már egyetlen mondatot sem lehetett sem végigmondani, sem végighallgatni nyugodtan, megszakítás és elterelés nélkül. Doki visszahúzódott a csigaházába, a többiek pedig zavartan lavíroztak a pálya széléről való bosszankodás és a résztvevő huligánkodás között. Bevallom, övön aluli támadásként ért a helyzet, pedig minden előzetes tapasztalatomból levonhattam volna azt az egyenes következtetést, hogy Kölyök engem is megpróbál majd kikezdeni, szétszedni. Eleinte humorral igyekeztem kontrollálni bomlasztó tevékenységét, de körülbelül annyi hatása volt, mintha egy pohár vízzel akarnék eloltani egy kezdődő erdőtüzet. Így mire észbe kaptam, már éleslövészetbe ment át a szóváltásunk. A társaság közben teljesen kiszorult a küzdőtér szélére, ketten maradtunk a ringben. A meccs végül odáig fajult, hogy ultimátum gyanánt közöltem Kölyökkel, hogy amennyiben nem fejezi be azonnali hatállyal jelen akcióját, megfogom székestől, mindenestől és egy erőteljes lendítés alkalmazásával az ajtón kívülre transzportálom.

Dőre módon azt hittem, hogy az egyértelműen agresszívnek és végletesnek értékelhető fenyegetés kicsapja nála a biztosítékot és észre téríti. Csúnyán elszámítottam magam... Kölyök tíz hosszú másodpercig farkasszemet nézett velem, majd egy felülmúlhatatlanul pimasz vigyorral az arcán hátat fordított nekem, kényelembe helyezte magát lovaglóülésben a székén, majd élénk társalgásba kezdett a hozzá közel ülőkkel.

Életem legkínosabb pillanatainak egyikét éltem át, és szembesültem azzal, hogy akkor most nincsen visszaút, muszáj lesz beváltanom az iménti ígéretemet. Viszont mielőtt nekilendültem volna, rá kellett döbbennem, hogy képtelen vagyok fizikailag kivitelezni az akciót. Ott ültem hát leforrázva, tudomásul véve, hogy vereséget szenvedtem – méghozzá olyat, aminek beláthatatlanok a tekintélyvesztés terén való káros következményei.

Ekkor hirtelen Kő felpattant a székéről, határozott lépésekkel odasétált Kölyökhöz, megállt közvetlen felette, és vadnyugati hősöket megszégyenítő hangnemben rendre utasította.

Egy lélegzetvételnyi időre megmerevedett mindenki – engem is beleértve – az elképedéstől. Még Kölyöknek is lelassult a reakcióideje. Mikor magához tért, harcra kész bikaként ugrott fel és fújtatott Kőre. A jelenet átélhetősége kedvéért muszáj megállnom egy percre, hogy bemutassam Kőt.

Kő tanév közben érkezett – akárcsak Csili és Garfield –, és teljességgel megközelíthetetlennek mutatkozott. Nem lehetett azt mondani rá, hogy olyan keveset beszél, mint Garfield, mert nem lenne mértékadó a hasonlat. Kő egyáltalán nem beszélt, és nem mutatott érzéseket sem. Egy dolgot azonban igen intenzíven csinált – figyelt. Távolságtartásból pedig nem hogy diplomát, de doktori fokozatot érdemelt volna. Emlékszem, az első találkozásunkkor a szemébe néztem, majd kiszáradt szájjal közöltem vele, hogy nem kötelező részt vennie a csoportfoglalkozásokon, ha kívül akar maradni, jogában áll. Bólintva tudomásul vette, majd minden órán időben megjelent és figyelt. Félév töretlen színtiszta hallgatás után a csoport egy emberként, már-már könyörögve kérte, szólaljon meg, és adjon valami életjelet. Sikerült meglepnünk a felé fordulásunkkal, szinte zavartan préselte ki magából a következőket: „Azt hiszem, itt megmaradok." A csoport valósággal mennybe ment az elismerés ilyen mérvű megnyilvánulásától! Mindezek után már nem kell különösebben megmagyarázni miért képedtünk el annyira mindannyian Kő antréjától.

Tehát ott állt szemben egymással a két harcos. Kölyök bedobta magát, elkezdte „oltogatni" Kőt. Kivételesen azonban Kölyök számította el magát: Kő nevéhez méltó módon, rezzenéstelenül állta az ostromot, láthatatlan pajzsáról minden visszapattant. A többiek némán figyeltek, és egyre markánsabban lehetett érezni, ahogy a közvélemény Kő pártjára áll. Kölyöknek megingott a magabiztossága, és ettől kezdte elveszíteni az önkontrollját. Dühödten pocskondiázta Kőt, a karjával kalimpált, mintha bunyózni akarna, de minél veszélyesebbnek igyekezett mutatni magát, annál nevetségesebbé vált.

Kő kitartóan fixírozta Kölyköt, majd kinyúlt felé, megfogta a székét és olyan erővel tette arrébb, hogy beleremegett az egész épület.

Mikor a földrengés alábbhagyott, Kő a székre mutatott és Kölyök tudomására hozta, hogy vagy leül rá és jó fiú lesz, vagy másodjára őt fogja hasonló bánásmódban részesíteni.

A teremben senkinek nem maradt fikarcnyi kétsége sem afelől, hogy Kő nem blöfföl... még Kölyöknek sem, így nyelt egy nagyot, és leült.

Mikor felocsúdtam az ámulatból, az első gondolat, ami átfutott az agyamon, az volt, hogy nyilván Kölyök korábban Kővel is megpróbált konfliktust gerjeszteni, és szótlan barátunk elérkezettnek látta a pillanatot arra, hogy megtorolja az akkori sérelmeit és tisztázza az erőviszonyokat. Fel sem merült bennem, hogy az iménti jelenetnek bármi köze lehetne a mai órához, hozzám vagy a szelídítéshez... Éppen ezért lemondok róla, hogy megtaláljam a minőségében adekvát kifejezést arra a hatásra, amit Kő fináléja kiváltott belőlem – belőlünk.

Ugyanis miután egy Kölyöknek címzett „Vigyázz, figyellek!" pillantással lezártnak nyilvánította a küzdelmet, békésen visszaballagott a székéhez, lazán lehuppant, majd egy finom fejbiccentéssel meghajolt felém, és azt mondta: „Folytathatja, tanárnő!"

Számomra, aki alapból mindig ódzkodtam az ütközésektől, a gyerekek közt sokszorosan szembesítő volt az, hogy mekkora értéke van annak, ha felvállaljuk, kimondjuk a konfliktusainkat, szembenézünk a problémákkal és egymással. Talán nem véletlenül követi a klasszikus dramaturgiában mindig fordulat az összeütközéseket. Talán sosem tudjuk meg, hogy milyen erő, jellem lakozik Kőben, hogy mennyire erre a „pofonra" volt Kölyöknek szüksége, vagy hogy mennyire támaszkodhat egy szelídítő néma szövetségesei bajtársiasságára, ha nem következik be ez a párbaj. Ahogy Brené Brown, világhírű kutató és „mesélő" mondta egyszerűen nem tehetünk úgy mi emberek, mintha nem lennének a tetteink egymásra nagyon komoly hatással. Azok a bizonyos „barátságos embertől kapott sebek" olyan felelősséggel és szeretettel felvállalt konfrontációk, amiben azért teszünk erőfeszítéseket, hogy embertársunk épüljön, gyógyuljon, helyreálljon. Meggyőződésem, hogy a fenti

„akció" során Kő fellépése mindannyiunkat épített. Kölyök olyan férfierővel, jellemmel találkozott Kőben, ami példamutató volt számára, ahogy én is szembesülhettem azzal, hogy bármikor kerülhetek képességeimet és erőmet meghaladó helyzetbe. Ugyanakkor hatalmas tanulságot jelentett az is, hogy az őszinte szembenézés, korlátaink belátása valójában tiszteletre méltó dolog, és szövetségesekkel ajándékozhat meg minket...

„Azért vagyok itt, mert deviáns gyerek vagyok!"

Izom már első ránézésre is veszélyes volt. Látványosan kigyúrt, tetovált bicepsszel rendelkezett, és sűrű szemöldökét igen vészjóslóan tudta összehúzni. Azt viszont kevesen tudták róla, hogy a szívizmai még a karizmainál is sokkal nagyobbak. Fejlett igazságérzete miatt gyakran keveredett balhékba, valószínűleg – bár sosem panaszkodott – az ilyen ügyei miatt keveredett hozzánk is. (Kedvenc pillanatunk Izomról az volt, amikor egy iskolánkról szóló riportfilmben huncut mosollyal mondta bele a kamerába: „Azért vagyok itt, mert deviáns gyerek vagyok!" Emlékszem, a kész film iskolai vetítésekor az egész tagozat tanári karostól, karbantartóstól, mindenestől egy szívvel kacagott fel, hallva Izom nyilatkozatát.)

Az egyik fülledt, álmos délutánon – a nyári vakáció kitörése előtti hetekben – fiatal kolléganőm felzaklatva lépett oda hozzám az egyik szünetben. Hadarva mesélte, hogy a szomszéd iskola szépreményű diákját rajtakapta, amint egyik Down-kóros kis tanítványunkat vegzálta a buszmegállóban. Fültanúja lévén a gyalázatos csúfolódásnak, rászólt az ifjoncra, mire az csípőből megfenyegette, hogy „kaphat egyet ő is, ha nem húz el nagyon gyorsan". Annyira megrázta a nem várt reakció, hogy mire beért az iskolába, már folytak a könnyei a dühtől. A fordulatot az hozta, hogy az első ember, akibe belefutott, történetesen épp Izom volt. Igazságharcos barátunk megrökönyödött, mert még sosem látta közismerten mosolygós kolléganőnket ilyen állapotban. – Kérdésére – mesélte érthetetlen okból bűntudatosan a kartársnő – elmondtam az egészet, pedig hát nem kellett volna így kifakadnom egy diák előtt.

– Nem értelek, hol itt a gond? – kérdeztem vissza, mert nem vagyok híve annak, hogy mindig, minden körülmények közt tévedhetetlennek, sebezhetetlennek kell mutatkoznia egy felnőttnek a gyerekek előtt.

– Hát ott a gond, hogy Izom közölte, hogy nyugodjak meg, majd ő lerendezi a dolgot! Hiába kiabáltam utána, hogy meg ne próbálja, ő kiment a buszmegállóba balhézni!

– Mit értesz balhén?

Lehet, hogy lassú felfogásúnak tartott aznap, de felbosszantott az, hogy kapásból rosszat kellene feltételeznem Izom problémamegoldó képességéről.

Nem az én érdemem, de a „balhé" kimenetele engem igazolt.

Izom ugyanis egészen egyszerűen megállt a csúfolódó fiatalember előtt és nemes egyszerűséggel közölte vele, hogy elfogadhatatlan, miszerint nála gyengébbeket – egy fogyatékos kislányt és egy fiatal gyógypedagógust – bántalmaz, ezért vegye nyugodt szívvel ígéretnek, hogy ha ez még egyszer előfordul, akkor vele kell „lejátszania a meccset". A nyomaték kedvéért – és mert valószínűleg Izom nálunk sokkal inkább tisztában volt vele, hogy a célszemély nem a szép szóból ért – lekent neki egy atyait.

Kolléganőm várta, hogy felszisszenek, és magam is destruktívnak minősítem Izom megoldási stratégiáját. Ezzel szemben csak annyit jegyeztem meg, hogy Izom csak kiosztotta azt a jogos taslit, amit a delikvens apjának kellett volna már réges-rég kiutalnia jellemhiányos fiacskájának.

Utóhang: Kolléganőm a következő tanév elején fülig érő szájjal jött oda hozzám elújságolni, hogy legfrissebb értesülései szerint az ominózus pofon óta megszűntek a buszmegállói zaklatások. Ja, és a kislány édesanyja hálás köszönetét küldi ismeretlenül is a védelmező lovagnak...

Ilyen pillanatokban érdemes elgondolkodnunk azon, hogy miért olyan nehéz felfognunk és elfogadnunk felnőttként, pláne pedagógusként, hogy a gyerekek képesek partnerré válni, képesek átlátni a körülöttük levő világ képmutatásait, és gyakran arra is képesek, hogy a „torkánál ragadják meg" a lényeget. Nekünk leginkább abban van szerepünk, hogy biztonságos terepet és helyzetet teremtsünk számukra mindehhez, hogy a szelídítési szándékunk ne vad idomítássá fajuljon, hanem olyan együtt-működéssé, amiben nemcsak mi nyesegethetjük a fattyúhaj-tásaikat, hanem ők is a mienket. A tagozaton kapott, gyakorta nyers, de a felnőttekénél sokkal őszintébben adott „baráti se-bek" végül többet tanítottak számomra a szelídítésről, mint a legtöbb pedagógiai kurzus. Sokszor nemcsak az értünk, felnőt-tekért felvállalt konfrontációk – mint amilyen Kőé volt –, de a velünk szemben felvállaltak is. Gondoljunk bele: az egyenrangú partnerként indított „támadás" nem feltétlen tiszteletlen, ne-veletlen megnyilvánulás! Lehet, hogy nem a „kötelező" emberi dominanciaharc, hanem egyfajta bajtársi bizalom és megbecsü-lés a mozgatórugója...

„Hagyd már abba, nem beszélhetsz így vele, mégiscsak egy tanár!"

Rió olyan ruganyos léptekkel közlekedett mindig, hogy jöttével rend-szerint megérkezett a jókedv is. A lazaság, a széles mosoly volt a védjegye. Az előbbiekből egyenesen következik, hogy mesélni is na-gyon szeretett – úgy Háry János módra persze, ahogy illik „kúl" ka-maszfiúk között. Az egyik csoportfoglalkozáson – amire tisztázatlan okokból kizárólag a társaság hímnemű tagjai jöttek el – sikerült né-mileg kipöckölnünk határtalan és magabiztos jókedvéből, amikor is vesztére belebonyolódott egy morális vitába Dokival. A téma – a ho-mogén felállásnak köszönhetően – természetesen a női nem volt, il-letve a velük való „örökzöld" kapcsolat. Rió elemében érezte magát, és büszkén sorolta párhuzamos hódításait. Nem akart hinni a fülének – megjegyzem, én sem, de az én esetemben ez pozitív reakció volt –, mikor Doki szúrósan a szemében nézett és nekiszegezte a kérdést: „Nem gondolod, hogy totál inkorrekt egyszerre több lányt hülyíteni?"

Riónak elakadt a szava, segélykérőn, zavartan pislogott rám, de nagyon eltévesztette a házszámot. Habár akkorra már leesett a

tantusz, hogy a dicsekvésével nekem – mint nőnek – legalább any-
nyira imponálni akart, mint rivális haverjainak, azonnal csatlakoz-
tam Dokihoz, és én is nekiszegeztem egy kérdést: „Rió, maga mit
szólna hozzá, ha az ifjú hölgyemény, aki igazán tetszik magának,
a háta mögött más úriemberekkel is összeszűrné a levet?" Egyér-
telműen meglátszott Rió arckifejezésén, hogy még az elméleti fel-
vetése is annak, hogy netán őt is megcsalhatja a másik oldal, több
mint felháborító. Doki elismerő mosolyt küldött felém, majd visz-
szafordult Rióhoz.

Nem tudom, mitől lett a Dokival alkotott párosunk olyan nyerő,
mindenesetre negyedórán belül az egész társaságot sikerült meggyőz-
nünk arról, hogy a hűség, az elkötelezettség igenis lényeges jellem-
zője egy jó párkapcsolatnak. Végeredményben még Riót is majdnem
sikerült átállítani a magunk oldalára, már-már belátta, hogy jogos
etikai szempontokat vetettünk fel, de azért végig olyan képet vágott,
mint az a kisgyerek, akitől elvették a kedvenc játékát.

A következő tanév elején egyszerűen nem lehetett ráismerni Rióra.
Mintha kicserélték volna. Alig szólalt meg, rendíthetetlen nyugalom-
mal ülte végig az órákat, korábban ide-oda cikázó tekintete kitisztult,
elmélyült. És bár a mosolya és könnyed humora mindannyiunknak
hiányzott, lehetetlen volt nem észrevenni, hogy valami komoly és jó
dolog forr odabenn, várva, hogy a felszínre törhessen.

A többiek továbbra is nagyon kedvelték, de Rió már nem hasz-
nálta ki a népszerűségét, nem hetvenkedett, nem lódított, és nem
akart a figyelem középpontjába kerülni.

Az első félév így telt el. Rió lélekben csatlakozott a titokzatos
„néma levente" lovagrendhez. (Magamban így hívtam azokat a ta-
nítványaimat, akik nem jeleskedtek a verbális kommunikáció terén,
de vállalt némaságuk mögött egyfajta nemes „férfias" tartózkodás,
kívülállás volt sejthető.) Tavasszal, egy szokatlanul meleg napon az
iskola teljes lélekszámmal az udvaron tartózkodott. Érdemi tevékeny-
ség nem folyt – pedig normális körülmények közt előbb-utóbb mindig
előkerült egy labda, és aktív sportéletet élt a társaság – a hőségnek,
a fülledt, párás levegőnek köszönhetően a többség zsebre tett kéz-
zel álldogált, vagy lődörgött fel s alá. A tényszerűség kedvéért meg

kell említenem, hogy a szokatlan passzivitás hátterében nemcsak a kánikula állt, hanem a budai úriasszony küllemű igazgatóhelyettesünk is – szó szerint. Talán nem kell sokat magyaráznom a miérteket, ha csak azt jegyzem meg, hogy a gyerekek „Őrmesternek" hívták a háta mögött.

A forróság és a szigorú tekintet kereszttüzében mindenki igyekezett a lehető legkonszolidáltabb arcát mutatni.

Ennek fényében pláne vakmerőnek tűnhetett az a vita, ami spontán módon robbant ki az udvar kellős közepén. Az eszmecsere apropóját az adta, hogy az előző héten – mintegy válaszként a már állandósult panaszkodásra, puffogásra – felvetettem a csapatnak, hogy ha annyira szeretnének valami kreatívat, sajátot alkotni, magukat megmutatni a világnak, akkor találjanak ki egy történetet, és a férjemmel mi segítünk a sztorit filmre vinni a forgatókönyvírástól az utómunkáig. Adunk hozzá kamerát, vágógépet, mindent, amire szükségük van, és ha akarják, még diákfilm-fesztiválra is benevezzük a kész művet. A lelkesedés persze hatalmas volt az első másodpercekben, de mint szalmaláng, úgy ellobbant az ambíció, és maradt az önsajnáló pampogás.

Tehát, az udvar közepén én éppen ezzel a dinamikával szembesítettem a díszes társaságot. Kocka, Izom, Csili, Balu meg a többiek zavartan pislogtak – azt hiszem, kicsit sikerült odapörkölnöm az „arcuknak". Ekkor hirtelen mellém lépett Rió, sokatmondóan végigpásztázott a társaságon, majd felém fordulva megkérdezte:

– Megmondjam, mi a baj az egész iskolával, velünk meg a tanárokkal?

Elszánt tekintetét látva csak bólintani tudtam.

Erre Rió briliáns lényeglátással tömören, szabatosan, gyakorlatilag cáfolhatatlan érvekkel ábrázolta, hová vezet a pedagógusok előítéletessége, képmutatása, hiteltelensége, szeretetlensége.

Majd egy éles váltással hasonló módon értékelte a tanulói oldalt is; a gyerekek engedetlenségét, felelőtlenségét, nemtörődömségét, lázadását. Közben egy pillanatra sem bizonytalanodott el, egy pillanatra sem jött zavarba, végig a szemembe nézve beszélt nyugodt, de határozott hangon. Láthatóan nem befolyásolta sem a haverjainak a megrökönyödése, sem az Őrmester magasba szökő szemöldöke.

Izomnál szakadt el először a cérna: tőle teljesen szokatlan módon, kétségbeesve ragadta meg Rió karját és szinte sírós hangon kezdett könyörögni neki:

– Hagyd már abba, nem beszélhetsz így vele, mégiscsak egy tanár!

Rió finoman lesöpörte a kezét.

– Nyugi, Izom, hadd fejezzem be, amit mondani akarok!

– Izom – fordultam én is hozzá –, nincs semmi baj. Rió pont úgy beszél most velem, ahogy a barátaim szoktak. És én ennek nagyon örülök!

Rió ekkor mosolyodott el először. Éppen levegőt vett, hogy folytassa a gondolatmenetet, amikor Őrmesterünk elérkezettnek látta az időt, hogy közbeavatkozzon:

– Jól hallom, hogy Rió letegezett az előbb?

Úgy tűnt, róla már kevésbé lehet elmondani, hogy meglátta a lényeget... Tagadhatatlan, hogy Riónak megvolt már régebben is az a szokása, hogy ha belelendült a beszédbe, akkor általános demokratikussággal használta a megszólításokat és igemódokat. Mindez egyébként sosem járt együtt „bratyizással" vagy tiszteletlenséggel, egyszerűen csak partnerként kommunikált mindenkivel.

– Igen, jól hallottad, de ez most teljesen helyénvaló volt! – válaszoltam magamat is meglepő határozottsággal. Minden jel arra mutatott, hogy főnökömet is meglepte ez a szokatlan erőteljesség a részemről, mert minden további megjegyzés nélkül sarkon fordult és elviharzott.

– Rió, meg kell mondanom, hogy nagyon sok igazság van abban, amit az imént megfogalmazott. Annyira, hogy arra kérem, mondja meg most a szemembe, ha valaha tapasztalt előítéletet, igazságtalan elutasítást a részemről. Mondja meg, hogy bocsánatot kérhessek érte!

Rió zavarba jött, komolyan gondolkodóba esett, majd bűntudatos képpel suttogta:

– Nem. Maga sosem tett ilyet.

– Akkor igazságos, hogy előítélettel illesse az összes tanárt?

– Nem. Ugyanolyan rossz, mint az az előítélet, amivel minket illetnek.

– Maradjunk ennyiben, Rió. Szerintem ez így vállalható.

– Vállalható.

Erre a végszóra jött a becsengetés. A gyereksereg tolongani kezdett a bejárat előtt, mintha egy tubusba visszafelé akarna nyomulni a fogkrém. Mi meg egymás mellett állva, szelíden vártunk a sorunkra. Mikor már csak ketten maradtunk az ajtón kívül, Rió rám mosolygott, és egy elegáns gesztussal maga elé engedett...

Utóhang: Pár nap múlva Őrmesterünk némileg zavart nevetéssel mesélte, hogy Rió bekopogott hozzá, engem keresve. Mire főnökasszonyunk megkérdezte tőle (azaz számon kérte rajta), hogy miért hív engem a nevemen ahelyett, hogy az iskolakompatibilis „tanárnő" megszólítást alkalmazná. Rió állítólag teljes lelki nyugalommal csak annyit válaszolt:
– Mert az a neve!

Elhangzott már korábban, hogy nem spórolhatjuk meg a saját hibákkal való folyamatos szembenézést, a magunk reflektorozását. Ez együtt jár azzal is, hogyha a másik előtt lepleződünk le, ha közvetlenül vele szemben követünk el hibákat, akkor nem odázhatjuk el, nem háríthatjuk el az önmagunk nyílt megítélését, ahogy a helyreigazítást sem. Nem csak akkor helyénvaló ezt a másiknak feszíteni – ahogy Rióval tettem –, amikor tiszta a lelkiismeretünk, amikor biztosak vagyunk a dolgunkban, a feddhetetlenségünkben! Nyilván az olvasó nem lepődik meg azon sem, hogy azt is a „kiképzőim" jóvoltából tudtam meg, hogy szelídítőként nemhogy nem hagyhatjuk ki a nyílt önkritikát, de még késleltetni, elodázni is veszélyes, sőt kártékony! Paradoxonnak tűnhet, de a valódi tekintély elnyeréséhez nem a tévedhetetlenség képmutatása, hanem éppen ellenkezőleg, a tökéletlenség, a hibák belátása, bevallása vezet. A tekintélyelvűség ugyanis a félelemkeltésre, a másik fél elnyomására törekszik, míg a tekintély tisztelettel, megbecsüléssel közelít a neki alárendeltek felé. Az igazi tekintéllyel bíró személy a korrekciós munkát önmagán kezdi el, példát mutatva a rábízottaknak.

„Tartozom egy irdatlan nagy bocsánatkéréssel!"

Tetőfokára hágott a hangulat, szinte már senki sem ült nyugodtan a padban. Állva vagy a pad tetején ülve dülöngéltek a nevetéstől a gyerekek. Amióta ugyanis megismerkedtek a drámapedagógia eszköztárával, rákaptak. Most éppen Kölyök vitte a prímet, ennek volt köszönhető, hogy a hasunkat fogtuk. Ha Kölyök játszhatott el egy szituációt, akkor máris két legyet üthettünk egy csapásra: egyrészt lefoglaltuk és „kanalizáltuk" a fő bajkeverő kiapadhatatlan energiáit, másrészt rendkívül jól szórakoztunk, mivel Kölyök nem mindennapi bohóctehetséggel volt megáldva.

Nem tudhattuk, hogy vannak olyan emberek a környezetünkben, akik szerint a hangos jókedv semmilyen körülmények közt nem lehet egy tanóra legitim tartozéka.

Kölyök éppen a helyzetkomikum adta lehetőségeket bontakoztatta ki, amikor rettegett kollégám berontott a terembe és lendületből ordítani kezdett vele. Az úriember belépése annyira megrázott, olyan váratlanul ért, hogy teljesen leblokkoltam. Nemhogy megszólalni, még megmoccanni sem voltam képes. Miközben a kolléga dörgedelmes hangon válogatott szitkokat és becsmérléseket ontott Kölyökre, majd az egész társaságra, én némán bámultam a gyerekek reakcióját. Falfehér arcok, üveges, semmibe meredő tekintetek, zárt karok és lábak. Úgy álltak a rájuk áradó agresszióban, ahogy a fák hajolnak meg, feszülnek meg a viharos szélben. A legijesztőbb az volt, hogy látszott, mindezt rutinosan és magától értetődően teszik...

A kolléga – mint egy trópusi cunami – letarolt mindenkit, aztán ugyanolyan hirtelen, ahogy jött, távozott, magával cipelve Kölyköt. Ekkorra némileg magamhoz tértem és kétségbeesve tudakoltam a többiektől, hogy mi lesz most Kölyökkel. Nem nagyon akartak válaszolni. A légkörben a fásultság helyét átvette a visszafojtott düh. Nem tudtam eldönteni, kímélni akarnak, vagy hárítani a szótlanságukkal. Nem is mertem feszegetni a helyzetet, próbáltam meg nem történtként kezelni az iménti közjátékot, de persze nem sok sikerrel. Hirtelen kinyílt az ajtó, és Kölyök vörös fejjel, pattanásig feszülve lépett be rajta. Kocka és Csóka közrefogták, a foguk közt szűrve vál-

tottak pár érthetetlen szót, majd mindhárman leültek. Teljesen meg voltam zavarodva, fogalmam sem volt, hogy mit kellene most reagálnom – és ami a legrosszabb, úgy éreztem, én is ellenséges távolságba kerültem tőlük...

A következő héten szembe kellett néznem azzal, hogy bár senki nem mond semmit, mégis szakadék keletkezett köztem és a csoport között. Egyszerűen keresztülnéztek rajtam, vagy ha mégsem, akkor vád és megbántottság áradt felém a tekintetükből. Borzalmasan éreztem magam. Próbáltam kommunikálni, de minden próbálkozásom falra hányt borsónak bizonyult.

Egyik este, amikor hosszan rágódtam ezen az áldatlan helyzeten, egyszer csak leesett a tantusz. De hát én gyakorlatilag cserben hagytam őket, ráadásul még úgy is teszek, mintha semmi sem történt volna.

Másnap a szokásos merev, elutasító atmoszféra fogadott. Nem hagytam magam elbizonytalanítani. Teleszívtam a tüdőmet, odaálltam a társaság elé, és közöltem, hogy tartozom egy irdatlan nagy bocsánatkéréssel. Na, erre minden szem rám szegeződött.

Még egy nagy levegő, aztán egy szuszra elmondtam, ami – meglátásom szerint – mindannyiunknak a szívét nyomta: azt, hogy minősíthetetlen, ami velük és Kölyökkel szemben elhangzott azon a bizonyos órán, hogy nekem kutya kötelességem lett volna megvédeni őket, kiállni mellettük. De nem tettem, és erre nincsen mentségem. Éppen ezért szeretnék most bocsánatot kérni a tettemért, pontosabban a nem cselekvésemért. Bevallottam, hogy bár ez nem ad fölmentést, de azért nem léptem, mert annyira megdöbbentett a szituáció, hogy lefagytam, mint egy túlterhelt PC.

Elmondtam nekik, hogy mit láttam megnyilvánulni rajtuk, hogy a reakciójuk legalább annyira megrázott, mint a tanár úr fellépése.

A „mea culpámat" követő reakciójuk teljesen zavarba hozott. Elképesztő méltósággal nyilvánították ki – Kockával az élen – a megbocsátásukat. Kocka kihúzta magát, és nagyon komolyan a szemem közé nézve jelezte: erre a vallomásra vártak, hogy igenis azt várták tőlem, hogy uralom a helyzetet, és nem engedem őket át az én órámon más pedagógus kényének-kedvének. Végül azt is elárulták, hogy Kölyöknek szégyenszemre békaügetésben kellett végigugrálnia a folyosón...

Kemény, de jogos szavak – gondoltam némiképp elszomorodva azon, hogy most mekkora munka áll előttem, amíg visszaszerzem a bizalmukat és a megtépázott tekintélyemet. Aggodalmam és borúlátásom teljesen feleslegesnek bizonyult. A drámai tisztázás után „automatikusan" visszazökkent minden a régi kerékvágásba. Óra végére már mindenki viccelődött, visszatért a jókedv, az oldottság, és a neheztelésnek nyoma sem maradt.

A konfliktusokkal talán az a legnagyobb baj, hogy nagyon könnyű tőlük beszűkülni. Ugyanis általában nem a produktív megoldásra motiválnak, hanem az azonnali önvédelemre, rezisztenciára, ami persze azonnal csőlátóvá tesz minket. Sok szó esett már eddig is az empátiáról, amihez elengedhetetlen a figyelem és az érdeklődés a másik felé, a másik iránt, de mi van akkor, amikor saját magunkkal szemben kell empátiát gyakorolnunk a másik felé? Szerintem ez az igazi próbája a beleérző képességnek, a szolidaritásnak – a szeretetnek.

Mi van, ha olyat kell megértenünk, amit elítélünk, amitől ódzkodunk, ami bosszant, vagy amitől egyenesen viszolygunk? Azt gondolom, hogy soha nincsen akkora szükségünk arra, hogy megküzdjünk az empátiával, az empátiáért, mint az ilyen helyzetekben! Valószínűleg számos kollégámnak az agyára mentem, amikor arra kértem őket, hogy próbálják meg úgy nézni a problémát okozó gyereket, hogy ne a tettét nézzék, hanem a tett hátterét. Én magam mindig erre törekedtem, akkor is, amikor ez igenis komoly erőfeszítést jelentett a részemről. Igen, ehhez egy időre félre kell tenni a másik cselekedetének a minősítését. Nem arról van szó, hogy megkérdőjelezem egy negatív dolog destruktív voltát, csak arról, hogy egy pillanatra elengedem a minősítést, és arra fókuszálok, hogy mi váltotta ki az illetőből a romboló reakciót. A traumák mindig romboló reakciót váltanak ki az elszenvedőikből – láthattuk –, de igazából az lenne abnormális és érthetetlen, ha nem így volna! Ha csak azt látjuk meg, hogy ez rossz, és csak ezt vetítjük vissza a másiknak, akkor folytatjuk az „ördögi kört" (vagy inkább spirált), és ezzel – a Pink Floyd klasszikusát idézve – „csak egy újabb téglát teszünk a falba".

Az empátia nem azért kell, hogy felmentsük a másikat, vagy jóváhagyjuk a negatív viselkedését; empátia ahhoz kell, hogy megértsük a miérteket, és irgalom ébredjen bennünk. Tisztában vagyok vele, hogy ez a szó nevetségesen ódonnak hangzik, pedig az egyik legfontosabb összetevője a szelídítésnek – a szelídségnek.

Igazából nem is olyan nehéz a „technikája"! Én mindig csak annyit tettem, hogy a tényeket magamra értelmeztem és igyekeztem meglátni, megérezni, megérteni, hogy bennem, belőlem mit váltottak volna ki. Nem mondom, hogy nem kell bátorság hozzá. Nekem, akinek csodálatos, szerető szüleim voltak, és testi-lelki biztonságban nőttem fel, iszonyú tapasztalat volt már csak a végiggondolása is annak, hogy mit tettem volna, ha engem is bántanak, hanyagolnak, megaláznak, kétségbe ejtenek és megfélemlítenek azok, akiknek szeretniük és óvniuk kellene. Nem túlzás, de minden ilyen alkalommal arra jöttem rá, hogy én még inkább dühös lennék az egész világra, még inkább bezárkóznék, még inkább rettegnék vagy lázadnék mindenki ellen. Őszintén szólva, rendre arra lyukadtam ki, hogy még hálásak is lehetünk, hogy a diákjaink ennyire tartják magukat. Ha sikerül értenünk, hogy mit okozhat a másikban mindaz, ami érte, ha magunkra tudjuk értelmezni a helyzetet, akkor sokkal könnyebb megkeresni, hogy mire lenne szüksége ahhoz, hogy kijöjjön annak a hatása, tönkretevő hatalma alól. Könnyebb egyes szám első személyben megtalálni és megfogalmazni azt, hogy mi segítene, mi tudna a rossz élményekkel szembeni ellenhatást, gyógyító hatást kiváltani. Könnyebb és valódibb, mert nem elmeszinten, elméletben „játsszuk le", hanem élményszerűen, „a szív szintjén". Ezért van az, hogy egy bajtárs, egy sorstárs együttérzése messze valóságosabb, igazibb. Ettől vált mindig olyan katartikusan hatékonnyá, amikor a gyerekcsoportban leltem segítőkre, reménybéli szelídítőkre...

„Talán, mert... én... ilyen vagyok?"

Tüske minden lépését figyelték az osztályban. Amit mondott, az úgy volt, véleményéhez igazodtak a többiek. Mókus gyakorlatilag körülugrálta, mint egy óvodás, és igyekezett a gesztusait is lemásolni. Tény, hogy elsőre látszott: Tüske mind testileg, mind értelmileg erőteljesen kimagaslik a csoportból. Nekem mégis az keltette fel az érdeklődésemet, hogy sosem élt vissza ezzel. Meglepő türelemmel tűrte a számtalan infantilis megmozdulást, és akkor sem emelte meg a hangját, amikor már nagyon bosszantotta a sok idétlenkedés. Jó fél évig követtem figyelemmel a Tüske körülötti dinamikát a háttérből, amíg az egyik önismereti csoportfoglalkozás fordulópontot hozott. Aznap úgy döntöttem, bedobok valami provokatív kommunikációs játékot, ami kellően nyitott, kreatív ahhoz, hogy ne legyen túlságosan biztonságos, hogy ne tudják megoldani a bejáratott rutinjaik szerint. Persze berezelt és azonnal passzivitásba menekült a társaság. Én meg direkt nem oldottam fel a kínos csendet, hanem kényelmesen hátradőltem a székemben, és hagytam az eseményeket maguktól folyni.

A szemem sarkából azért végig Tüskét figyeltem. Látom ám, hogy hősünk lopva végigpásztáz a társaságon, majd alig hallhatóan sóhajt egyet, és „Én szívesen kipróbálom!" felkiáltással feláll, hogy megoldja a feladatot. Mindenki megkönnyebbül, és várakozóan tekint a Tüske-féle performanszra. Észre sem veszik, hogy két percen belül Tüskének sikerült kicsalogatni őket a csigaházukból, és mire kicsengetnek, egy fergetegesen felszabadult, vidám „összjáték" kerekedik ki a történetből.

Hangosan nevetgélve tódulnak ki a folyosóra – sietni kell, tízórai szünet van, a tagozat pedig – mint mindig – most is farkaséhes.

Látom, hogy Tüske is bontogatja a szendvicsét, mégsem átallom félrehívni. Amúgy férfiasan a szeme közé nézek, és máris a tárgyra térek:

– Mondja, Tüske, tudja maga, hogy mit jelent az, hogy karizmatikus személyiség?

Tagadóan megrázza a fejét, de látom a szemében, hogy szeretné tudni. Lendületet veszek hát, és elmagyarázom neki, hogy vannak emberek, akik hatással bírnak a többiekre, akik arra termettek, hogy vezessék a többieket, hogy a személyiségük erejével képviseljenek és

működtessenek értékeket. Igyekszem direkt nem minősíteni, csak defi-
niálni. Elégedetten figyelem, ahogy minden szavam betalál, ahogy
Tüske arca elkomolyodik, tekintete elmélyül.

Felteszem a pontot az i-re, ami jelen esetben azt jelenti, hogy fel-
teszem a „költői" kérdést:
– Tüske, mit gondol, vajon miért mondtam el ezt magának?!
Egy pillanatra zavarba jön – ami nála sem fordul elő túl gyak-
ran –, úgy felel:
– Talán, mert én… ilyen vagyok?
– Sanszos. Ha így van, akkor azt is tudja, hogy ez mivel jár?
– Azt hiszem, felelősséggel, nagy felelősséggel…
– Na, hát erről van szó! Mennek maga után a többiek… nem mind-
egy, hogy hová. Maga nagyobb hatással tud lenni rájuk, mint én, vagy
akár az egész tanári kar.

Év végén fülig érő szájjal meséli kolléganőm – Tüskéék osztályfő-
nöke –, hogy fantasztikus, milyen változáson ment keresztül az
osztálya.
– Ez már nem is csak egy osztály, hanem egy valódi közösség!

A következő év elején főnöknőm izgatottan újságolja, hogy elképesztő,
mi minden történt a nyáron – például ez a Tüske gyerek fogta magát,
és rendbe tette a családját…
– Micsoda?! – kapom fel a fejem, mivel eleddig Tüske családi hát-
teréről valamilyen oknál fogva egyetlen szó sem esett.
No, hát kiderült, hogy néhány éve egy „mostohaapuka" érkezett
a családba, aki miután kellően megvetette a lábát, durváskodni kez-
dett, főként a család három nőtagjával: az anyukával, a nagyival, és
Tüske kishúgával.
Idén nyáron viszont Tüske úgy döntött, véget vet ennek a felál-
lásnak, és ha kell, inkább átveszi maga a családfő szerepét, de nem
hagyja bántani az övéit. És ha ez még nem volna elég, most meg azt
tervezi, hogy állást is szerez magának – pedig még csak egy tizen-
hét éves kölyök!
Persze megint sikerült megrökönyödést okoznom, amikor meg-
jegyeztem, hogy erre a gyerekre ez a kihívás fejlesztőbben hat, mint

bármi, amit mi itt szerény oktatási intézményünkben prezentálni tudnánk számára.

Utóhang:

Nagyszünetben eszembe jutott, hogy a hetedikesek naplóját az egyik tanteremben hagytam őrizetlenül – ami ugyebár az abszolút szabálytalanság kategóriájába esik –, ezért lélekszakadva rohantam a tetthelyre. Feltéptem az ajtót, majd lendületből hátrahőköltem, ugyanis belebotlottam Tüskébe. A teljes igazsághoz hozzátartozik, hogy a hátrahőkölés igazából nem a fizikai ütközésnek volt köszönhető, de még csak nem is annak, hogy a nyáron legalább tíz centit nőtt, és akkora vállai lettek, hogy kitöltötte az ajtókeretet. Elnézést a most következő hatásvadász közhelyért, de a Tüskén végbement minőségi változást nem lehet másképp tömören leírni: egy kölyök ment el, és egy férfi tért vissza. Gondolom, ez a felismerés az arcomra is kiült, mert Tüske szélesen elmosolyodott, és még öt centit nőtt, úgy kihúzta magát.

A szelídségfejlesztés

Amikor konfrontálunk, mindig élesen, drasztikusan avatkozunk be a másik életébe, személyébe. Gyakorlatilag a tudata, figyelme fókuszába helyezünk megkerülhetetlenül egy olyan információt, ami érzékenyen fogja érinteni, befolyásolni. Ha nem lenne így, akkor nem fejlesztenének ki az emberek olyan változatos és azonnal „aktiválódó" védekező-hárító mechanizmusokat, amelyekkel blokkolni, csillapítani, tompítani, vagy akár teljesen elnémítani is képesek a húsba vágó üzeneteket. Talán az egyik „legfelkiáltójelesebb" határszabály a szelídítésben az, hogy dacára a nyíltan felvállalt szelídítő impulzusadásnak, sosem léphetünk át a másik akaratába. Természetesen folyamatosan azon vagyunk, hogy inspiráljuk, motiváljuk az aktív szelídülni akarásra, de akarni sosem akarhatunk szelídülni helyette. Ez a gyakorlatban állandó önfegyelmet, saját személyünk háttérben tartását követeli meg tőlünk. Így ez a „szabály" bizony azzal is szembesít mindig, hogy nem mi vagyunk a szelídítésben a kulcsszemélyek, hanem az, aki aktívan szelídül. Én ezt az egészet egy kötéltánchoz hasonlítottam magamban, mivel mindig az a kép jelent meg a belső szemeim előtt, ahogy a táncos az ég és föld között feszülő kötélen lépdel. A kötéltáncosnak muszáj mindig kiszámítania, hogy mikor és hogy lépje meg a következő kis lépést, miközben az egész testével folyamatosan egyensúlyoz, és egy pillanatra sem enged ki a figyelme. Mindezt persze úgy, hogy közben az egész művelet könnyűnek, lebegőnek, magától értetődőnek tűnjön, sőt mi több, biztonságosnak! Talán már nem is meglepő, hogy ismét szembetalálkoztunk egy látszólagos ellentmondással, paradoxonnal. A másik bizalmát igen nehéz úgy megnyernünk, hogy tökéletesnek és rendületlennek mutatjuk magunkat. Ugyanakkor persze mégis szükséges hitelesen kellő nyugalmat, harmóniát árasztanunk, hiszen ez biztosít elegendő alapot a bizalomhoz, a másik biztonságérzetéhez. Kamaszoknál pláne nagyon érzékenyen szükséges egyensúlyoznunk, hiszen utálják a megkérdőjelezhetetlen, kikezdhetetlen felnőtteket, miközben olyan kőszikla-szilárd szeretetre, megértésre, stabilitásra vágynak, ami elhordozza az ő labilitásukat, szeszélyes, viharos csapongásaikat, kétségeiket, dühöngéseiket. Azaz a jó szelídítő végtelenül szelíd, miközben vasbeton tűrőképességgel állja a sarat a zabolátlan vadsággal szemben. A szelídítőnek az a legfőbb kihívása, hogy megfeszítse egész valóját. Ugyanis minden pillanatban éles röntgenfény világítja meg az összes rezdülését, reakciói extrém módon fel vannak nagyítva a „vadak" szemeiben, akik persze kimondottan hajlamosak mindazt elvárni és számonkérni, amit ők maguk folyamatosan áthágnak, lerombolnak... Ebben a játékban leginkább kötelezettségeink vannak – jóval kevésbé jogaink –, legalábbis, ha bevállaljuk a meccset. Azt a fajta önérzetet, amit a kellő gőggel megáldott alaptermészetünk jobbára „csípőből" működtet, érdemes kivonnunk a forgalomból. Teljesen természetes, hogy ezt az „attitűdöt" eleinte gúnnyal, gyanakvással, zavart ingerültséggel kezelik a többiek, sőt készüljünk fel rá, hogy egyenesen megkérdőjelezik az épelméjűségünket. Ugyebár ez az a bizonyos kenyérdobálás a kőzápor közepén...

Én – bevallom – mostanra élvezni kezdtem ezeket a kínos pillanatokat, mert ezekben már ott van a rutinos játszmák megtörésének ígérete, azaz rés képződik a másik vadságának tömör falán. Ha tovább vizsgáljuk a hatékony szelídítő „receptjének" összetevőit, látható, hogy a feszült zavarodottság igazi oka nem az indokolatlanul pozitív „svejki" viszonyulás, hanem az a kikezdhetetlen béketűrés, ami mögött muszáj megsejteniük a stabil erőt. A kettő közös jelenléte, együttműködése képes elbizonytalanítani a másikban az agresszív gőgöt, az öntelt magabiztosságot. Az igazi szelídítők puszta jelenlétének, figyelmének tükrében szembenézhet az ember a maga vadságával, annak hiteles képével. (Az, hogy ezt a képet rendre ijesztően, megszégyenítően torznak látjuk, az nem az „optika" miatt van...)

Ez a fajta szégyen viszont fertőtlenít, gyógyít, mert bár fáj, mar, mégis fellélegezhet általa az ember. Akár felmerülhet benne végre annak a gondolata is, hogy akár meg is szabadulhat a vadságától... A szelídítő személye, önnön példája „élő demonstráció" arról, hogy vadság nélkül érhető el, valósítható meg az az erő, amire titokban mindenki vágyik. Mert hát valójában nem azért akarunk erősek lenni, hogy folyamatos harc, feszültség vegyen körül bennünket, hanem azért, hogy minden körülmények közt megőrizhessük a békénket. A békét, ami a biztonságot, az elfogadottságot, az értékesség érzetét jelenti számunkra.

„De ez engem nem bánt..."

Colos csendes fiú. Már elmúlt tizennyolc. Ő itt a rangidős. Keze többnyire a zsebében nyugszik, kapucnija mindig a fején, hátát picit görbén tartja. Nem csak azért, mert hirtelen nőtt, vékonydongájú srác. Fura egyvelege a „ne gyere közel" tartózkodásnak, és annak a fajta nyugalomnak, ami rendkívül vonzó, mert „ragadós". Colos azon kivételes kevesek egyike, akit senki nem próbál provokálni, akivel senki nem próbál kötekedni – még Vadóc sem. Nem hiszem, hogy tudatosította bárki is, hogy mi a titka Colosnak, egyszerűen csak tiszteletben tartják a „köreit". Ami a legmegdöbbentőbb, hogy Colos sosem használja ki speciális státuszát, igazából úgy jár-kel sokszor, mintha ott sem lenne. Mégsem lehet nem észrevenni, milyen türelemmel tűri, ha valaki mellé szegődik. Ilyenkor sem beszél túl sokat, ezzel szemben rendkívül jól hallgat. (Egy igazi, élő „Momo".) Két évig figyeltem, és töprengtem, mikor jön rá maga is arra, amit a kezdetektől sejteni lehetett: hogy Colos egy „született" szelídítő. Mondhatni „őstehetség".

Az egyik önismereti foglalkozáson, mikor a csoport éppen körben ül, azonnal feltűnik, hogy nincsen a fején a kapucnija. Annyira meglepődik az egész csoport azon a nyitottságon, amit tapasztalhattunk tőle, hogy viszonozzuk várakozó tekintetét. Láthatóan meghökken, de örül a feléje megnyilvánuló figyelemnek. Ezért aztán halk, de erőteljes hangon beszélni kezd arról, hogy minden igyekezete, erőfeszítése eleddig kudarcot vallott arra vonatkozóan, hogy egyik kollégámat – azt, aki Kölyökkel végigugráltatta a folyosót békaügetésben – meggyőzze arról, hogy ő már szembesült a tanulás fontosságával és törekszik is rá, hogy maximálisan felkészüljön az órákra. Szelíden ecseteli, milyen megalázó, amikor egy nem túl hízelgő előítélettel gyakorlatilag véglegesen leírják az embert.

Bár a Colos által ábrázolt szituáció egyértelműen bántónak minősíthető, ő mégis azt hangsúlyozza, mennyire nem bántja már ez a helyzet. Amikor befejezi a mondandóját, kérdőn a szemembe néz.

– Colos, mi itt még sosem hallottuk magát egyhuzamban tíz percig beszélni – főleg nem egy témáról. Nézze, ebben a tíz percben ötször, egész pontosan kétpercenként mondta el azt a mondatot, hogy „de ez engem nem bánt". Ön szerint ez mit jelent?

Colos finom öniróniával elneveti magát, úgy válaszol:

– Azt jelenti, hogy igenis bánt.

Jó, ha ilyen forró a vas, akkor bizony muszáj még ütni:

– Ugye tisztában van vele, hogy magának egyetemen lenne a helye?

Hatalmasat nyel, de állja a tekintetem, és nagyon-nagyon halkan csak annyit mond:

– Igen.

– Azt is észrevette, hogy bíznak magában a többiek?

– Igen, mindig megtalálnak. Elmondják a problémáikat. Valahogy természetes, hogy meghallgatom őket, és valahogy mindig van ötletem arra, hogy kellene megoldani...

– Tudja, én már két éve várom ezt a pillanatot. Megérte.

Úgy egy jó hónap múlva Colos bekopog hozzám. Korábban még sosem jött „tanácsadásra". Hellyel kínálom. Kicsit zavarban van, félszeg mosoly az arcán. Nem sokat segítek neki, csak leülök vele szemben, és kíváncsian várok. Hirtelen előrehajol és belekezd:

– Ma délután balhé volt a suli előtt. A szomszéd iskolából néhány srác átjött, hogy Csirkét elkapják. (Csirke professzionális bajkeverő hírében áll – nem alaptalanul.)

– Elég rázósnak nézett ki a dolog, de váratlanul megjelent Vadóc meg a többiek, és beálltak Csirke mögé. A lényeg a lényeg: perceken belül megfordult a meccs, és lelépett a szomszéd banda. Elképesztő volt! Mindenki tudja, hogy Vadóc „gizdának" tarja Csirkét, és állan-

dóan oltogatja, most meg egyszerűen mellé állt! – Itt egy pillanatra elhallgat, és maga elé mered.

– Tanárnő! Azon kezdtem gondolkodni, hogy nem lehetne ezt megcsinálni ellenség meg balhé nélkül? Emlékszik, tavaly milyen játékokat játszott velünk az önismereti órákon?

És itt részletesen sorolni kezdi, hogy mit csináltunk az előző tanévben, és véleménye szerint mire voltak jók az egyes játékok. Én meg csak pislogok, és tátott szájjal hallgatom. Te jó ég, Colos mindenre emlékszik, és teljesen képben van a játékok „mögöttes" célját, pedagógiai értelmét illetően!

Nincs sok időm az álmélkodásra, mert sürgetően kérdezi, mit szólok az ötletéhez.

Rajtam a sor, hogy nagyot nyeljek...

– Colos! Maga ma felismert egy társadalomlélektani törvényszerűséget, és az ötlete minden tekintetben telitalálat! De nekem is van egy ötletem: ha engedélyt kapunk az igazgatónőtől egy ilyen csoportfoglalkozásra, akkor azt nem én fogom egyedül vezetni. Maga lesz a kollégám. Vállalja?

Elégedetten dőlök hátra; talán kicsit viszonozni tudtam a zavarba ejtést. Úgy tűnik, igen.

Colost most látom életemben először elpirulni...

– Rendben – mondja mosolyogva, és látni rajta, ugyanarra gondol, amire én: micsoda meglepetést fogunk mi okozni hamarosan az egész iskolának!

Nekem mindig azok a pillanatok a kedvenceim, amikor szemtanúja lehetek annak, hogy „miből lesz a cserebogár", hogy egy vademberke egyszerre csak szelídülni vágyik. Persze általában nehéz elkapni azt a pillanatot még magának az „alanynak" is, amikor tudatára ébred annak, hogy szelídebb akar lenni. Gyakran előzi meg ezt a fajta eszmélést egy hosszabb begubózás, amikor csak az látható kívülről, hogy az illető minden érzékelője befelé fordul, és az egész világot – benne saját magát – ebből a belső búrából monitorozza. Colosnál ez a „kapucnis" korszaka volt. Mikor erről beszéltem vele, maga sem tudta megfogalmazni, mikor történt meg nála a „váltás". Annyit mondott csupán, hogy egyszer csak rájött, hogy tanulni jó és érdemes önmaga miatt és önmagáért, és hirtelen értelmét vesztette a felnőttek, az iskola elleni „néma hadviselés". Mivel Colos rendkívül érzékeny, „filozófus" alkattal rendelkezett, ezért kevéssé lepődtem meg azon, hogy a szelídülési folyamat búvó patakként működött nála. Létra egészen más karakterrel bírt, igazi éles eszű provokátorként nála akkor történt meg az „áttörés", amikor konfrontáltunk. Ez is a már sokat emlegetett paradox aspektust igazolta. Van, hogy arra van szükségünk a változás megugrásához, hogy valaki agresszíven szembesítsen minket a bennünk rejlő „csiszolatlan gyémánttal"...

„Maga pofátlanul intelligens!"

Létra azzal szeretett az idegeimre menni, hogy ugyanazt a kérdést tette fel bicskanyitogató nyegleséggel minden áldott óra elején: „Mikor mehetünk már haza?" Mestere volt a flegma üzemmódnak – pedig ezen a téren bőven akadtak edzett versenytársai –, és az volt a mániája, hogy mindent élből lecsapott, félresöpört. Először akkor tudtam ezen jót derülni – persze csak titokban –, amikor a „személyiségfejlesztő filmklubunkra" hozott filmet a következő felkiáltással fogadta: „Jaj, ezt nézzük? Már háromszor láttam, tök szar!"

Létra barátunk hiába igyekezett hát azon, hogy üresfejű és érzéketlen fickónak állítsa be magát, csak kilógott a lóláb, azaz nem sikerült teljesen elfednie, hogy valójában roppant éles elméjű, kreatív emberke.

Aztán egy nap kicsapta nálam a biztosítékot. Mivel pocsékul állt a társaság osztályzatok terén, és én a fejembe vettem, hogy csak azért is kicsiholok belőlük valamiféle teljesítménynek minősíthető aktivitást, mentőövet dobtam nekik egy házi dolgozat formájában. Becsületükre legyen mondva, értékelték a gesztust és mindenki igyekezett kiizzadni magából valami értékelhetőt – kivéve Létrát.

Ő ugyanis leírhatatlanul pimasz mosollyal az arcán a kezembe nyomott – természetesen teátrális stílusban, úgy, hogy lehetőleg az egész osztály tanúja legyen ezen megnyilvánulásának – egy szó sze-

rint összevissza gyűrt, cakkosan kitépett, foltos füzetlapot, amin
3, azaz három girbegurba sor szerepelt, a lehető legborzalmasabb
macskakaparással írva. Létra egy szemernyi kétséget sem hagyott
afelől, hogy maximális tudatossággal hajtotta végre akcióját. Na, ek-
kor ment fel bennem a pumpa.

Hozzá hasonló teátrális mozdulattal, undorodó arckifejezéssel,
két ujjal eltartottam magamtól a penetráns papírlapot, és úgy sze-
geztem neki:
– Tudja, mi ebben az egészben a legdühítőbb, a legfelháborítóbb?
Az, hogy maga pofátlanul intelligens, mégis van bőr a képén ezt a sze-
metet beadni, mint önálló munkát!
Ennyi. Ezzel lecsaptam a lapot, és igyekeztem nem felrobbanni.
Furcsamód Létra ábrázatán elégedettség helyett egy sután zavart
kifejezés jelent meg. Másnap óra végén előreballagott a tanári asz-
talhoz, és letett elém egy makulátlan hófehér A4-es lapot tökéletes
szerkesztéssel kivitelezett nyomtatott szöveggel. Sokatmondóan rám
mosolygott, és szó nélkül kiment a teremből.

Utóhang: Alig egy évvel később tanítás után Létra bekopogott a ta-
náriba. Megállt a küszöbön zavartan téblábolva – nemigen tudtuk
mire vélni a zavarát. Egyszer csak odafordult hozzám és elvörösödve
közölte: most jött meg az értesítés, hogy felvették esti gimnáziumba.
Na, gondoltam, most jött el az én időm: kölcsönkenyér visszajár!
– Ne haragudjon, de nem sikerült meglepnie. Ha azt várja, hogy
most pezsgőt bontsak, nagyon elszámította magát. Azt majd ak-
kor fogunk, ha legközelebb azzal jön, hogy az egyetemre vették fel!
Létra erre még jobban elvörösödött, de a szája már a füléig ért –
akárcsak az enyém...

Szelídítőként azok a fordulatok jelentik az első gyümölcsök meg-
jelenését, amikor a remények ígéretekké, potenciális esélyekké
alakulnak át, és amikor nagyon lassan, de már el is kell kezde-
nünk az elengedést. Az igazi beért gyümölcs az lesz, amikor a
kezdeti suta szelídülni vágyásból erőteljes és céltudatos szelí-
dülni akarás, majd kiteljesedve valóságos önszelídítési „üzem-
mód" válik. Ilyenkor a szelídítő már csak a pálya széléről drukkol.

Ekkor nekünk is üzemmódot szükséges váltanunk, fokozatosan leépítve a mentorszerepünket. Ezután jöhet el lassan az az ideális állapot, amiben egyfajta „atyai barátként" nyilvánulhatunk meg, immár teljes értékű partnerként viszonyulva egykori „vademberkéinkhez".

„Magad, uram…" – az önszelídítés művészete

Nem lehet eléggé hangsúlyozni, hogy amikor a segítő munkája „direktbe" fordul, akkor nem kerülhetjük meg a másik szándékát, a segítés elfogadását, az azzal való együttműködés melletti döntését. A legnagyobb ellenálláskor is ott lehetek, sőt akkor érdemes csak igazán képviselnem szelídítőként a szelídséget, de amikor konkrét és célirányos „közös munkára" kerül a sor, akkor nem foszthatom meg a másikat attól a jogától és méltóságától, hogy döntést hozhasson: hajlandó-e szembesülni azzal, hogy vadhajtásai vannak, hogy segítségre, szelídítésre van szüksége. Amikor pedig eljön ez a pillanat, akkor lélekben máris készülni érdemes arra a következő pillanatra, amikor majd ahhoz a döntéshez fog eljutni, hogy saját maga vegye kézbe önnönmagát.

A tizenéves kor bizonyosan az az időszak, amikor optimális esetben végigmegyünk ezeken a „stációkon". Tisztában vagyok vele, hogy ez a várakozás így ma egyértelműen az idealizmus kategóriájába tartozik. Ma végképp nem igyekszik az emberiség felnőni, és saját magával saját maga erejéből megküzdeni. Könyvtárnyi irodalma lett mára az ún. posztadoleszcens életszakasznak, és modern korunk szélsőséges infantilizálódásának. Sajnos törvényszerű, hogy minél kevésbé akarjuk az önnevelés szükségességét belátni és vállalni, annál agresszívebben hárítjuk az alapvető létszorongásokkal való szembesülést is!

Számos alkalommal kísérleteztem azzal, hogy a „legsokkolóbbnak" tapasztalt kérdésekkel provokáljam be a társaságot. (Ugyebár már esett szó arról, hogy a teljesen ártatlan és veszélytelen kérdések is képesek sokkolni, ha túl személyesnek éli meg a megkérdezett.)

Az idegesítő, utált kérdések ranglistáját egyértelműen a „Mitől félsz?" vezette. A leggyakoribb válasz általában csípőből jött, és kellően ingerülten hangzott: „Semmitől!" A fiúk egyenesen a személyüket, „macsó imázsukat" ért támadásként, sérelemként definiálták ezt a kérdésemet. Nyilván nemcsak azért ilyen húsba vágó a sebezhetőségünk provokálása, mert kapásból az ember védelmi rendszerét „kezdi ki", hanem azért, mert a „vad-ságunk" hátterében, gyökerében szinte biztos, hogy az egész lé-nyünket fojtogató szorongások lapulnak meg.

Szelídülni viszont csak az lesz képes, aki bátorságot vesz a saját félelmeivel való szembesüléshez, és a velük való megküz-déshez...

„De mi ám nem akármilyen rózsák voltunk..."

Colos csoportjával bátrabban mertem dolgozni, hiszen nem vol-tam „szakmailag" egyedül. Habár eleinte nem tudtam, hogy van még egy „kolléga" a csapatban, Mégis, egy napsütötte délutánon lecsaptam a társaságra a legkínosabb kérdéssel. Ahogy az lenni szokott, megfagyott egy pillanat alatt a levegő, és mindenki hall-gatásba burkolózott. Amikor már éppen kínossá kezdett válni a csend, Dió (civilben egyébként Csili öccse) felnézett a papírjából (az volt a szokása, hogy mindentől és mindenkitől leszeparálva magát, belemélyedve az előtte fekvő papírba rajzolgatott) határo-zott hangon közölte, hogy neki van félelme. Fittyet hányva a töb-biek megbotránkozására, mesélni kezdett egy barátjáról, aki kere-kesszékbe kényszerült. Elmondta, mennyire csodálja a belőle áradó erőt, jókedvet, életörömet, és azt a bátorságot, ahogy be mer állni a fociba a „lábasok" közé.

– Én erre képtelen lennék. Mindig az jut eszembe, ha ránézek, hogy én nem tudnám elviselni, ha lebénulnék – én nem bírnék így tovább élni.

Dió „vallomása" felszabadító erővel hatott. Egymás után szó-laltak meg a gyerekek, s bár mindenki valóságos, nagyon is megfog-ható félelmekről beszélt, az óra végére meglágyultak az arcvonások, puhává váltak a gesztusok, békesség lengte körül az egész termet.

A szünetekben észrevettem, hogy Colos és Dió gyakran álldogálnak együtt a folyosó valamelyik félreeső zugában beszélgetve. Akármilyen balhé is volt a többiek közt, őket mintha egy láthatatlan pajzs védte volna meg az aktuális konfliktusoktól.

Mivel szerettem volna kideríteni a „titkukat" – lehetőleg úgy, hogy az tanulságos legyen az egész kompánia számára –, a következő foglalkozáson egy konfliktuskezelésről szóló drámajátékkal kínáltam meg a csoportot. A világ legszebb rózsakertjéről szóló történetben két fél állt egymással szemben: a nagy hatalmú és gazdagságú szultán (a felnőtt), és a szegény, de kreatív és vállalkozó szellemű vándordiák (a gyerek). Mindkettőjük számára a rózsák voltak a legdrágábbak a világon. Az egyik rendelkezett a kinccsel, de vastag, magas fallal vette körül azt, hogy senki ne férhessen hozzá, a másik viszont mindenre el volt szánva, hogy láthassa azt. Ebből az alaphelyzetből kellett valamiféle megoldást kihozniuk a játékosoknak. A variációs lehetőség végtelen, kizárólag a résztvevőkön múlik, hogyan fejezik be a „mesét". A kreatívabb csapatok nemcsak mesét írnak, hanem rendszerint el is játsszák a történetet. Ez a csoport is kiosztott négy szerepet. Volt szultánjuk, vándordiákjuk, kapuőrük a rózsakerthez, de még szultánleányuk is, aki persze a garabonciás szerelme, majd felesége lett. Az ifjak egyértelműen a szegény, de annál életrevalóbb vándorlegény pártján voltak, amit végül a szultán is elismert, sőt a fiú bátorságát, rózsák iránti szakértelmét nemcsak a lánya kezével, de a fele királyságával is honorálta. A háttérből figyelve egyértelművé vált, hogy a történet inspirálói Colos és Dió. Nekik volt döntő szerepük abban, hogy agresszió helyett (Csirke eredetileg – mint vándordiák – szíve szerint leverte volna mind a kapuőrt, mind a szultánt...) inkább a konszenzust válassza a társaság. Ezek után piszkálni kezdte a csőrömet, hogy miért nem vállaltak szerepet Dióék a történetben. Mikor rákérdeztem, titokzatos mosoly jelent meg mindkettőjük arcán.

– De hát nekünk is volt szerepünk. Mi voltunk Dióval a rózsák! – bökte ki Colos, és láthatóan nagyon jól szórakozott az elképedésemen. Na persze, nyakigláb kamaszfiúktól manapság teljesen megszokott, hogy virágokkal azonosulnak...

– De mi ám nem akármilyen rózsák voltunk – vetette közbe Dió.

– Ebben egészen biztos vagyok – próbáltam viccelődni, nem sok sikerrel; Dió a tekintetével szinte átfúrt, úgy folytatta:

– Mi ugyanis olyan rózsák voltunk, akik meg tudták mindenkiről mondani, hogy igaz ember vagy sem. Márpedig az egész biroda-

lomban csak egy igaz ember volt – a vándordiák –, csak ő léphetett be nyugodt szívvel a rózsakertbe!

A konfliktuskezelés igazi szükséges „rossz", az egyik legösszetettebb és legnagyobb pszichés energiát igénylő képesség. Egyben az egyik legérzékenyebb jelzője, mutatója tud lenni annak, hogy hol tart egy-egy ember a szelídülésben, sőt, hogy mennyire jutott már el oda, hogy önnönmaga akarja tudatosan, erőfeszítések árán is megszelídíteni magát. E ponton különös jelentőséget kap a szelídítő élő és „megfogható" példája. Egyébként is – ezt tudomásul kellett újra és újra vennem – minden rezdülésemnek hitelesnek szükséges lennie, minden pillanatban figyelemmel és felelősséggel kell jelen lennem a vademberkékkel való kapcsolatban. Ők készek minden pillanatban monitorozni, belső mikrofilmre rögzíteni minden impulzust, és kíméletlenül a fejünkre borítani, ha a reakcióink nincsenek összhangban a „prédikációinkkal". Csak zárójelben jegyezném meg, hogy ezek a „prédikációk" amúgy is annyira kontraproduktívak, hogy érdemes maximális önfegyelmet gyakorolnunk, amikor kikívánkoznak belőlünk a nevelő célzatú, moralizáló tirádák. Ezzel szemben, ha egyetlen minősítő szó sem hagyja el a szánkat, viszont mindazt megkapják „gyakorlatban" tőlünk, amit felemelt mutatóujjal szoktunk kinyilatkoztatni nekik, akkor akadálymentesen „átmegy az üzenet". Valójában ez az alfája és ómegája az egész szelídítésnek! A konfliktushelyzetekben pedig „all inclusive" benne rejlik a lehetőség, az esély arra, hogy a szelídítő hatásosan demonstrálja a szelídség teljes tartományát, esszenciáját. Ha ez működik, akkor nyugodtan megspórolhatjuk az „elméleti oktatást".

„A bajtársi eskü"

Kis híján félrenyeltem a kávémat, amikor Maci és Zakó benyitottak hozzám „kettesben". Eladdig azt sem tudtam, hogy egyáltalán kommunikálnak egymással. Várakozóan hellyel kínáltam a két fia-

talembert, akik rendkívüli udvariassággal köszönték meg a lehetőséget. Egymásra néztek, majd egy gyors, néma egyeztetéssel eldöntötték, ki legyen a „szóvivő". Maci ragadta meg a szót, és tömören feltálalta az esetet. Zakó bandája a minap elővette őt, amiért állítólagosan összebalhézott az egyik bandataggal – ezért kiadták Zakónak a feladatot, hogy „zúzza le" Macit. Zakó sietett tudtomra adni, hogy ő nagyon szeretné korrekten rendezni az ügyet, már csak azért is, mert kedveli Macit.

Ezen a ponton elhallgattak, és érezhetően tőlem várták a folytatást. Őszintén szólva nem egészen értettem, mit várnak tőlem, ilyen „férfias ügyekben" nem éreztem túlságosan kompetensnek magam, azt pedig csak remélni mertem, hogy nem nekem kell levezényelnem egy „becsületes párbajt". Ezt óvatosan közöltem is velük.

Elnéző mosoly jelent meg az arcukon, majd Maci tiszteletteljes komolyságra váltott, és kibökte, hogy azért jöttek, mert szerintük én segíteni tudnék abban, hogy agressziómentesen és „úriemberek" módjára rendezni tudják ezt a konfliktust.

Én is tiszteletteljes komolyságra váltottam, és biztosítottam őket róla, hogy ebben az esetben partner vagyok – nosza, vágjunk bele a „mediációba". Innentől olajozottan és mintaszerűen ment a tisztázás, amely során kiderült, hogy az egész konfliktus egy klasszikus intrika eredménye, aminek a hátterében az állt, hogy a banda vezérét nagyon irritálta a srácok közt „bimbózó" haveri kontaktus. Mivel Zakó szép kávébarna, fekete szemű fickó, ellentétben Macival, aki hófehér, szőke és kék szemű, nem nehéz kitalálni, miért nem volt képes a banda megemészteni a már jól bevált előítéletek mentén kialakított ellenségeskedés ilyen mérvű semmibevételét. Tipikusan olyan galádsággal vádolták meg Macit, ami a lehető legtávolabb állt tőle. Aki közelről ismerte Macit, tudta, hogy kissé bumfordi testében hatalmas szív dobog, és legszívesebben az egész világot a keblére ölelné egyetlen jó szóért cserébe. Zakó ezzel tökéletesen tisztában volt, és ezt szemtől szembe meg is mondta neki, megerősítve, hogy soha többet nem hisz el semmilyen övön aluli vádat, rágalmat róla, sőt ünnepélyesen kijelenti, hogy ezentúl mindig kiáll mellette, érte, akármi történjék is.

Maci már-már könnybe lábadt szemmel viszonozta a „bajtársi esküt". Amikor azt hittem, hogy már nem lehet fokozni a jelenet férfias

107

romantikáját, a fiúk szenvedélyesen kezet ráztak, majd azzal a lendülettel meg is ölelték egymást. Nem tudom, mennyire látszott ez rajtam – szerencsémre nőként kevéssé vagyok arra kötelezve, hogy szégyelljem és visszatartsam a meghatottság nyilvánvaló metakommunikatív tüneteit –, de azt tudtam, hogy ez itt ma mindhármunk számára történelmi pillanat volt. Meg is akartam köszönni az élményt, de a fiúk megelőztek. Így aztán kezdtem úgy érezni magam, mint egy királynő, akinek két nemes lovag köszöni meg a „kegyet", hogy vállalta a nagylelkű bíró szerepét.

Az önszelídítésnek viszont nemcsak a félelmekkel való szembenézés, és az indulatok, sérelmek megzabolázása a feltétele. A harmadik „titkos összetevő" a tudatos értékrend. Az a fajta alapvetés, amiről döntés születik az emberben. Amikor nem elégszünk meg azzal, hogy valamilyenné formáltak, torzítottak minket, hanem mi magunk vesszük a saját kezünkbe a saját személyiségünket.

Igazából ez semmivel sem könnyebb, mint a félelmeinkkel és az indulatainkkal való küzdelem. Ha bevállaljuk, hogy elkötelezzük magunkat egy rajtunk kívül álló, tőlünk független, az énünkön túlmutató értékvalóság mellett, akkor szükségszerű, hogy meg kell néznünk és látnunk azokat a hiányosságokat, deformációkat is, amik ehhez képest jellemzik a személyünket. Ez nem csupán szorongáskeltő, hanem legalább annyira szégyenérzetet generáló élmény is. Ugyanakkor semmi sem tud olyan tartást, biztonságot, stabilitást adni, mint amikor énünk központját, szervező elvét önmagunkon kívülre helyezzük. (Már megint egy izgalmas paradoxon.) Természetesen joggal vethetné közbe bárki, hogy jó-jó, de semmi garancia sincsen magában az értékrend megválasztásában, hiszen sokan kötelezik el magukat fanatikusan és végzetesen „ordas eszmék" mellett, és válnak valóságos szörnyeteggé azok szolgálatában. Nemcsak jogos, de kihagyhatatlan ennek a kérdésnek a felvetése is.

Statisztikai, tudományos adataim, bizonyítékaim nincsenek rá, de feltételezem, hogy több megkerülhetetlen és megfogható különbség is van a két verzió között.

Először is, az „ordas" ideológiák, eszmerendszerek, világnézetek mögött nagyon erős torzulások húzódhatnak meg, mivel jobbára nem pozitív gyökerekkel, produktivitással jönnek létre, hanem valami ellen megfogalmazódó, destruktív szándékkal. Természetesen egy rossz dologgal szembeni ellenségesség nagyon is képviselhet pozitív értékeket. Ha viszont egy „eszmének" az alapja, magja nem egy pozitív értékképzés, értékvállalás, hanem egy ellenséges attitűd, rombolási vágy, akkor gyanítható, hogy kevéssé válik építővé az egész rendszer. Márpedig az ilyen „harcos mozgalmak" többségének a legfőbb mozgatórugója egy másik támadása, cáfolása, agresszív elpusztítása. Éppen ezért – még ha a kritika sok szempontból indokolt is – hajlamosak a hárításra, a projektálásra. A világtörténelem rengeteg példát hoz erre, hiszen az új rendszerek gyakran ugyanazokba a bűnökbe estek, ugyanúgy torzultak el, mint azok, amelyeknek a cáfolataként, kritikájaként jöttek létre. És itt rejlik a másik döntő különbség: nem mások tökéletlenségeire érdemes fókuszálnunk, nem másokban kell legelőszőr a hibákat keresnünk, hanem önmagunkkal kell elszámolnunk. Ellenkező esetben eszme, értékrend címén csak egy valamilyen szélsőséges hárító mechanizmusnak válunk a rabjává. A függőséget nem szerencsés összetéveszteni az elköteleződéssel, a valódi meggyőződéssel. Ez utóbbiért mindannyiunknak meg kell küzdenünk, azaz nem spórolhatjuk meg a rendszeres szembenézést a félelmeinkkel, szorongásainkkal, kisebbrendűségi érzéseinkkel, szégyeneinkkel, gyengeségeinkkel. A függőség ezzel szemben mindig zsákutcába való menekülés. Ha igazi, valódi értékek mellett foglalunk állást, az semmihez sem hasonlítható békességet, harmóniát teremt bennünk. A kompenzáló ideák csak a feszültséget, gyűlöletet, gőgöt hizlalják a személyiségben.

Ha valaki valóban szelíddé válik, akkor nem fröcsög, nem izzik az utálattól, nem kér számon, és nem torol meg minden ellene elkövetett vagy elkövetni vélt sérelmet. Az igazi szelídek mernek mást a saját személyükön kívül előnyben részesíteni, mernek ott is adni, ahol még kilátás sincs arra, hogy visszakapják a „szívességet". Az igazi szelídek mernek szabadok lenni, mert teljesen elkötelezettek. Ezért elmerik engedni a vadságukat is...

Záró lábjegyzet az igényes fanyalgóknak :)

Hallom lelki füleimmel a vádat, hogy már megint idegesítően és ir-
reálisan optimista voltam. Hogy a vérvalóság, a rideg szürke tények
minden ponton cáfolják a „mesebeszéd" történeteimet. És bár már az
elején jeleztem, hogy egyfajta kulcsot igyekszem adni, azért ez mégis-
csak túlzás! A helyzet az, hogy valóban megtölthettem volna legalább
ennyi oldalt kiábrándító, keserű, fájdalmas, sőt tragikus események-
kel is, amiket végig kellett néznem, csinálnom a „vademberkékkel"
töltött időben. Ezek jó részét sok szereplőm maga is végignézte, végi-
gasszisztálta. De nemcsak az előszóban jelzett célok miatt akartam
folyamatosan és eltökélten a „pozitív" pillanatokra koncentrálni...

Még ha akarnám, sem tudnám elfelejteni Golyót, aki elmeintézetben,
majd hajléktalanszállón kötött ki; akit a kolléganőm koldulni látott
a metróaluljáróban, és akit végül a lelkifurdalás ellenére csendben és
gyáván kikerültem, amikor a körúton láthatatlan személlyel ordíto-
zott a járókelők viszolygó röhögésétől kísérve. Vagy Putyit, akit – a
kétségbeesett szeretetéhségét és enyhe értelmi fogyatékosságát ki-
használva – kisstílű bűnözők börtönbe juttattak, gyakorlatilag bra-
hiból. Nem beszélve Zorróról, akiről fél évig nem mertem elhinni a
hírt, hogy lelőtték tizenkilenc éves fejjel, egy bandák közti megtor-
lás ürügyén...

A helyzet viszont az, hogy éppen őmiattuk, értük nem tehetem meg,
hogy nem mondom el a győzelmeket, hogy nem képviselem a szelídség
erejét. Azt hiszem, megszelídült társaik is egyetértenének ebben velem.
Zorró tragédiáját ugyanis nem a sajtóból vagy a tanáriban tudtam
meg, hanem Szendétől, a világ egyik leglágyabb szívű emberkéjétől,
aki csak azért mondta el suttogva nekem, mert nem bírta egyedül
elhordozni ezt a terhet, és tudta, velem meggyászolhatja dacára an-
nak, hogy Zorró tudott nagyon komisz és vad lenni – vele is.
Ezek a kudarcok, sorsok állandóan kísértenek, arra emlékeztet-
nek, hogy a vadság milyen könnyen elburjánzik az ember személyi-

ségében, hogy ahhoz nem kell erőfeszítés és küzdelem, hogy tönkremenjenek életek. A szelídítés az árral szemben úszás (vagy inkább cunamival szembeni), és sosincs garancia, csak remény az áttörésre, a győzelemre.

Mégis, ha az elvadulás fékek nélkül és ellenhatás nélkül történik, akkor törvényszerűen vezet a fenti tragédiákhoz. Erre sajnos van „garancia". Jó „kiképzés" az is, ha az ember végiggondolja az olyan győztes helyzeteket, mint amiket jelen írásban igyekeztem közkinccsé tenni, méghozzá úgy, hogy kivon belőlük minden szelídséget, szelídítő hatást, impulzust, majd meghosszabbítja és megnézi, hogy a vadság természete milyen végeredményeket produkálhatott volna belőlük. Ancsel Éva egyik csodálatos írásában azt mondta, hogy az igazi pedagógus szemében a gyermek a legjobb személyiségét, azt, amivé ideális esetben válhat, azt láthatja meg. Tökéletesen igaz! De ehhez – remélem, ez már nem is tűnik paradoxonnak – az igazi szelídítőnek el kell tudnia számolnia azzal, szembe kell tudnia nézni azzal, hogy a vadság, az elvadítás mit képes rombolni ugyanabban az emberben! Igazgatónőnk egyszer valósággal sokkolta az egész tanári kart egy mondatával – nálam ez a mondata lett a „number one" –, amikor is kijelentette, hogy már az hatalmas eredmény, ha nem okozunk kárt a gyerekekben!

Elvadulni és elvadítani sajnos olyan olajozottan megy az emberi fajnak, olyan magától értetődően – zsigerből –, hogy valóban nagy eredmény már az is, ha „nullszaldóra" tornázzuk fel magunkat.

Zorró halála óta sok idő telt el, de még most is sokszor gyötör a gondolat, hogy nem tehettünk volna-e többet, nem tudtunk volna-e olyan hiteles alternatívát felmutatni számára, ami lökést adhatott volna neki ahhoz, hogy ki akarja és ki tudja szakítani vad gyökereit, és szelíd, élő földbe ültesse át azt. Emlékszem, hogyan pirult el ez a „kőkemény" utcakölyök, amikor kiderült egy órán, hogy voltaképp nem is tud olvasni, azaz szabályosan funkcionális analfabéta. Mennyire megrendült és meghatódott titkon, amikor kivágtam magam egy huszárvágással a kínos szituációból, közölve vele, hogy elképesztő leleményesség és intelligencia kell ahhoz, hogy valaki a hatodik osztályig ellavírozzon írás-olvasás tudás nélkül. Milyen kisfiús báj, igyekezet és hála lett úrrá a vonásain a következő hetekben, amikor életében először tényleg olvasni tanult...

Szegény szeretett főnökasszonyom mesélhetne róla, hogy megijesztettem, amikor egy délután tőlem szokatlan erővel – mintegy ultimátumként – közöltem vele, hogy addig el nem mozdulok, nem hagyom békén, amíg meg nem lépi azt a védőintézkedést, ami szó szerint életmentő lehet Mami számára. Tudtam ugyanis, hogy van egy ütőkártya a kezében, amivel potenciálisan tehet azért, hogy egy utcai támadás, bántalmazás ne ismétlődjön meg többször. Bizony nem átallottam a lelkiismeretére hatni és nekifeszíteni a kérdést: vállaljuk-e a küzdelmet, a cselekvést, vagy inkább majd elolvassuk valamelyik bulvárlapban a külső kerületi tragédiáról szóló szenzációs beszámolót? Meglépte, de két hétig a közelembe sem jött. Csak jóval később vallotta be, hogy félt tőlem, no meg féltett is, amiért túlzottan bevonódtam érzelmileg az ügybe. Nem tagadom, így volt. De Mami, akit a rendőrségtől is elküldtek azzal, hogy nem tudják megvédeni, ma is él, és nem lett áldozata halálos kimenetelű bántalmazásnak. És csak ez számít, nem az, hogy nekünk ez némi feszültséggel, „szakmai frusztrációval" járt! A vadság előszeretettel épít ki képmutató, hárító, álszent tabukat, hogy minél kockázatosabb legyen minden vele szembeni ellenállás, tisztázás, így a szelídítőknek gyakran kell bevállalniuk a „tabutörés" veszélyes és „szemérmetlen" feladatát. A szelídítőket mindig is nagy buzgalommal kiáltották ki bűnbakoknak. Ez a traumatikus történetek dramaturgiájának – ahogy ezt korábban is jeleztem – „természetes" velejárója.

Szelídíteni tehát nem egy kényelmes, biztonságos, gondtalan vállalkozás.

A szkeptikusabbak – tapasztalataim szerint a többség – szerint valóságos Don Quijote-i harc, statisztikailag abszolút nem éri meg, maximális erőfeszítés minimális eredménnyel, aránytalanul nagy kockázatokkal.

Nem vitatkozom a fanyalgókkal, a cinikusokkal, a hitetlenekkel... Csak remélem, bízom, és főként hiszem:

**„Boldogok a szelídek,
mert ők örökségül bírják a földet."**

A szerző

 Lőwy-Korponay Bereniké 1973.02.01-én született Egerben. Az Eszterházy Károly Tanárképző Főiskolán szociálpedagógus, tanácsadó tanár, gyermek- és ifjúságvédelmi szakember, valamint magyar nyelv és irodalom szakos tanári végzettséget szerzett. 2006-ban végzett az Eötvös Lóránd Tudományegyetem szociológia szakán, majd 2011-ben ugyanitt szociálpolitikusi tanulmányokat folytatott. Rendelkezik ezek mellett még számtalan érdeklődési körrel melyeknek köszönhetően közreműködött táncterápiás csoportban, filmkészítő expedíciókban, dolgozik újságíróként, trénerként, életvezetési tanácsadóként, pedagógusként, társadalomkutatóként, írt számos tananyagot, többek közt egy teljes személyiségfejlesztő programot is. Társadalmi szakértőként innovatív programok megvalósulásánál bábáskodott. Férjezett, két gyermeke és két unokája van. Érdeklődése felöleli az utazást, olvasást, a művészeteket, valamint a teológiát és a filozófiát is.